KEITAI
SHOUSETSU
BUNKO
SINCE 2009

闇に咲く華

新井夕花

スターツ出版株式会社

カバー・本文イラスト／架月七瀬

グリーンの葉に深紅の花びら。
鉢(はち)を包むのは、ゴールドのラッピング。
大きく結ばれたリボンは、花びらと同じ鮮(あざ)やかな赤。

「わかんない？　別れたいんだって」
知らない女から突きつけられた、別れの伝言。渡(わた)すはずだったプレゼントのポインセチアが、腕(うで)の中で行き場を失(う)くす。なにも知らずに浮かれていた私。
「あんたの顔なんか、もう見たくないって言ってた」
大好きな彼(かれ)からのクリスマスプレゼントは、人づてに聞かされた別れの言葉。
「二度とここには来るなってさ。てことで、あんたは用なしだから」
最高の夜になるはずだった、最悪のクリスマスの夜。
私はあっけなく捨てられた。
もう、誰(だれ)もなにも信じない。

高校入学と同時に"姫(ひめ)"になった私。
特別な扱(あつか)い、特殊(とくしゅ)な環境(かんきょう)。彼や仲間から大事にされ守られ続けた日々は、その年のクリスマスの夜に、すべてが幻想(げんそう)だったと思い知らされた。

港中央高校

藤波壱 (ふじなみいち)

いつもクールで無口。バカな大牙の冷静なツッコミ役。

御影白玖 (みかげはく)

姫乃の隣の席に座る銀髪の男。完璧な容姿と不思議な雰囲気で人を惹きつける。心を閉ざした姫乃を優しく包み込む。

満島大牙 (みつしまたいが)

クラスのムードメーカー。ひたすらバカで明るい性格。

小池真緒 (こいけまお)

姫乃のクラスメイト。真面目で優しい女の子。実は大牙のことが好き。

contents

第1章	裏切	7
第2章	友好	37
第3章	過去	69
第4章	真相	95
第5章	揺動(ようどう)	123
第6章	告白	151
第7章	心情	173
第8章	拉致(らち)	213
第9章	決別	241
第10章	信頼(しんらい)	267

あとがき　　　　　　　　　284

第 1 章

裏切

『ねえねえ、聞いた?』
『知ってる。「DEEP GOLD(ディープ ゴールド)」の話でしょ』
『あの姫って子、嵐志(あらし)さんに捨てられたらしいね』
『大事にされてると思ってたけど、違(ちが)ったんだね』
『しかも、周りも手のひら返しでその子のこと切り捨てたって』
『別れたなら仕方ないんじゃない?』
『嵐志さんを狙(ねら)ってる女も多いだろうし、実際は妬(ねた)みもすごかったのかもね』
『やっぱそうなのかな』
『そうに決まってんじゃん。天下のDEEP GOLDの総長だよ?』
『だね。嵐志さんと付き合えたりしたら、怖(こわ)いものなしだしね』

　　　　　　　　*　*　*

　もういらない、全部いらない。彼が気に入っていたものすべてを捨てたい。
　鏡の前に立ち、覚悟を決める。
　長かったストレートの髪(かみ)をまとめてつかみ、ハサミで一気に切り捨てた。
　手からこぼれ落ちる、いらなくなった自分の髪を見つめながら、どうせなら心も切り捨てられればいいのに……と思った。

「うちは、3年間クラス替えがないのよね」

　職員室を出て、教室までの廊下を今日から担任になるらしい女の先生と歩く。

　朝の穏やかな日差しが、掃除の行き届いた廊下へと降り注ぐ。廊下の窓から見える校庭には、新緑の若葉が揺れていた。

「でも、マジメな子が多いクラスだから、心配ないわ。近くには評判の悪い学校もあるけど、ここはそうじゃないから。それに、2年に進級するタイミングでの転校でよかったじゃない。1年の終わりは、ほとんど学校行ってなかったって聞いたけど……」

　新しい学校。新しい制服。新しい担任。私を知らない生徒。……彼のいない世界。

「まあ、なにかあればいつでも相談して。友達ができると、学校も楽しくなるわよ」

　担任がそう言って、笑顔を見せる。

　友達なんて本気でいらないし、学校に楽しさなんて求めていない。

　期待して、裏切られて、誰もいなくなるくらいなら最初からいないほうがマシ。私を知らない人たちの中で、ただ静かに過ごせればそれでいいのだから。

　担任がガラガラと音を立てて、教室のドアを開ける。

「はい、座って。今日は転校生を紹介します」

　そう言った担任が、私に中へ入るよう促した。

　教室内に足を踏み入れると、静かな視線が一斉に私に集

まった。こういう瞬間は本当に苦手だと思いながらも、教壇の横に立つ。

見渡す限り、担任の言ったとおり全体的にマジメな生徒が多い。

そんな中、嫌でも目に入るのは、教壇のすぐ前の席で机に顔を伏せている明るい茶色の髪。前の学校では普通だった髪色も、この学校ではやけに目立つ。

放っておくと授業のジャマになる恐れがあるから、教師の目の届く一番前のど真ん中に座らされているのかも。

マジメな子が多いってだけで、こういう生徒がいないってわけでもないらしい。

「じゃあ、自己紹介してください」

担任が丸投げしてくるので、仕方なく口を開く。

「高遠……」

私がそう言うと担任がこちらに視線を向けるので、すぐに間違えたと気づく。

「松井……姫乃です」

慣れない名前を口に出すと、ふいに目の前の茶髪の頭が起き上がった。私の顔をジッと見つめたかと思うと、視線が上から下へと流れる。

「顔は90点……超えてるな。90点超えとか、久々見た。あーでも、スタイルは……70点台だな。背がもうちょいあれば90点台も夢じゃねえのに」

女子平均の157cmは、この男にしてみれば低いらしい。

というより、いきなり点数を付けてくるとか、失礼にも

ほどがある。
　余計なお世話だと思っていると、男が屈託のない笑顔を見せた。かわいいというわけではないけれど、どこか人懐っこさを感じさせる顔には、万人受けするかっこよさがある。
　そう思っていると、男が笑顔のまま言う。
「でも、その髪形は100点だ」
　長かった髪を自分でバッサリ切った後、そろえるためにヘアサロンでショートにしてもらった。
　男子ウケのあまりよくない、短い髪を褒められるとは思いもしなかった。
「俺、満島大牙。よろしくな、姫乃ちゃん」
　ためらいもなく差し出された手。
　そこそこかっこいい男特有の、女慣れしているチャラい態度にどう返せばいいのかわからずにいると、隣に立つ担任がため息をついた。
「満島くん、やめなさい。松井さん、相手しなくていいから」
　相手にしなくていいのは助かる。私はこの手の男が一番嫌いだし、なにより誰かと親しくなる気などサラサラない。
「松井さんの席は、後ろの空いている席ね」
　そう教えられ、言われたとおり教室の後ろへ行くと、空席がふたつ並んでいた。
　深く考えることなく、一番後ろの窓際の方に座ろうとすると……。
「こっちじゃねえ、そっちだ」
　突然そう言ったのは、私が座ろうとした席のひとつ前の

席に座る男。

どうやらこっちは、誰かの席だったらしい。

私を振り返っている黒髪の男は、髪を派手に染めている満島大牙と違い、一見すると普通に見える。けれど、シャツの袖から見えている腕には黒い模様が描かれていた。

見た目は普通なのに、実はタトゥーを入れているとか、詐欺じゃない？　そうは言っても、なかなかの美形なので、あまり普通って感じでもないんだけど。

目元がスッキリとしたキレイな顔は、どちらかと言えば取っつきにくそうにも見える。

どうせなら窓際がいいのにと思いながらも、仕方なく隣の席に着くと、男は黙って前を向いた。

港中央高校、2年。

今日から私は、新しい世界で生きる。

DEEP GOLD——通称『ゴールド』の"姫"と呼ばれた、過去の私はもうどこにもいないのだから。

転入先の学校で新学期を迎えて、早5日。

マジメな生徒たちの中での生活は、思っていたとおり静かで助かっていた。

授業中以外は耳にイヤフォンを突っ込み、音楽を聴きながら雑誌を見ている私は、話しかけられたくないオーラを嫌っていうほど出しているからか、誰も話しかけてこない。

前の学校では、休み時間のたびに集まってきていた、たくさんの友達たち。だけどそれも、もう過去の話。

第 1 章　裏切 》》 13

　静かに、目立たず、おとなしく。これが意外と簡単だったことに、ここ最近の私は気づいていた。
　もともと派手なタイプでもなく、性格も特別明るいわけでもない。てことは、普通にしていればいいだけ。
　そうか、これが本来の私なのかも。前は自分がどんな人間なのか深く考えることもなかった。というよりも、今考えると、ただ流されるままに過ごしていただけで、本来の自分などどこにもなかったのかもしれない。
「姫乃ちゃーん、おっはよ！」
　そう言って唯一声をかけてくる満島大牙も、チャラいだけで返事が欲しいというわけでもないみたいだし。
　難点を挙げるとすれば、隣の特等席がなぜか５日経った今も空席のままだということ。
　病弱で欠席が多いのか、もしくは登校拒否の生徒の席なら、私に使わせてくれてもいいんじゃないの。どうせ空いてるんだし。欠席の多い生徒の席にしては、一番後ろの窓際はもったいない。
　５日も経てば、どれだけ学校に興味がなくても気づくことも多く。
　このクラスで、明らかに目立っている生徒はふたり。
　ひとりは、軽くてチャラい満島大牙。
　もうひとりは、腕にタトゥーの入っている藤波 壱。
　ふたりは友達らしく、一緒に行動しているところをよく見かける。
　そして周りの生徒たちは、このふたりに遠慮しているの

か、怖がっているのか、基本的に関わろうとはしない。

まあ、誰にでも壁のない満島大牙が、そういう空気などお構いなしで話しかけたりしているし、完全に無視ってわけでもないけれど。

そんなことを考えながら、肘をついた手に頬を乗せて、２時間目の数学の授業をぼんやりとやり過ごしていると、突然、教室の扉がガラリと開いた。

公式を読み上げていた数学担当の教師が、驚いたように扉の方へ顔を向ける。

「御影か……」

数学の先生がそうつぶやいたとき、ひとりの男子生徒が教室内へと入ってきた。

さすがにぶつかりこそしなかったけれど、扉の桟ギリギリを通る、色の抜けすぎた白っぽいグレーの髪。

ゾッとするほどキレイに整ってはいるけれど、無表情だからか不機嫌そうな顔。切れ長のスッキリとした目元のせいなのか、髪色が白っぽいグレーだからか、全体的に冷たい印象に見える。

こういう髪色のことをなんて言うのだろう。真っ白ではないけれど、ほぼ白に近い灰色は、陽に当たっている部分が銀色に輝いている。

とにかく異様な雰囲気は、見る者を釘付けにする。

こういうのって、怖いもの見たさに似ている気がした。

これでもかというほど目立つ外見をしていながら、どこか静かな印象を受ける男が気だるげにこちらへ歩いてくる。

突然現れた、やけにインパクトのある男子に驚いていると……。
「やっと来たな。お前、春休み終わってんの気づいてなかったんじゃねえのか」
　満島大牙が、その男に笑いながら声をかけた。
　春休みが明けてからもう５日も過ぎてるけど、今日気づいたってこと？
　そんなバカな、と思っていると、限りなく白に近いグレーの髪色をした男が満島大牙を振り返った。
　男と視線が合うと、満島大牙が満面の笑顔を投げかける。
「待ってたぞ」
　どうやら会うのが楽しみなほど、満島大牙は男と親しいらしい。
「うるせえ」
　不機嫌な声で返した男が、私の隣の空いた席に当然のようにガタンと音を立てて座った。
　最悪……。
　私の隣の席は、病弱そうでもなく登校拒否でもなさそうな、異様な雰囲気を放つ３人目の不良の席だった。
　ていうか、この男が一番タチ悪そうなんだけど。よりによって、どうしてこんな男が隣の席なわけ？
　そんな不満を内心で考えていると、男は寝るつもりなのか窓の方を向き、頭を机に乗せた。
　ふっとため息をついて気を取り直した教師が、教科書に視線を向け、中断していた数学の授業を再開する。

満島大牙も、それ以上はなにも言わなかった。

　授業が再開してから、約15分。
　計ったわけではないので、正確かどうかはわからないけれど、その間ずっと机にふせて静かだった男が、ふいに顔を上げたのが視界の端に見えた。
「お前、誰だ？」
　隣から強い視線を感じて、その言葉が私に向けられたものだということは嫌でもわかった。
　誰って……それ、今思ったの？　どうして入ってきたときに気づかなかったの？
　なにより、この15分ずっと窓の方を向いたままだったのに、いったいなんのタイミングなわけ？
　知らない人間が隣に座っていることに驚いた、という様子で聞いてきた声の音量は、数学の授業を再び中断させるには充分だった。
「転校生だ。２年からこのクラスに入った松井姫乃さん」
　二度も同じ生徒にジャマをされた先生が、あきれたように首を振りながら言う。
　紹介されてしまっては、無視するわけにもいかない。仕方なく隣に顔を向けると、男もこちらを見ていた。
「彼は御影白玖くん。隣同士なんだしお互い仲良くな」
　仲良くって……。どう考えても無理だと思うんだけど。
　隣といっても人ひとり通れるスペースは空いているのに、御影白玖の威圧感は、距離を近く感じさせる。

こんな男と関わるなんて、絶対に嫌だ。なにより、誰かと仲良くなんてこと、もうしたくない。私は、とにかく静かに過ごせればそれでいい。
　そもそも、普通に考えてこんな男とどう仲良くしろと言っているのか、教師の無責任さにあきれていると……。
「聞いてねえぞ」
　この上なく不機嫌な声を出す。
　来てなかったんだから、聞いてないのは当たり前じゃないの。こっちこそ、隣が不良だとは聞いてないし。
　そんなことを思っていると、御影白玖が私から視線を外し、前の席を見た。
　後ろを振り返っていた藤波 壱が、俺に言われても、というように肩をすくめ、これといってなにも言わずに前を向いた。
　再びこちらに視線を戻した御影白玖が、しばらくの間、私を見つめ。
「仲良くなんて雰囲気、いっこもねえのに？」
　キレイな顔に微かな笑いを浮かべ言われた言葉は、まるで私の心の中を見透かしているかのようだった。

　不良がいてもいなくても、私の学校生活は変わらない。
　隣の席というのはちょっと想定外だったけれど。
　とはいっても御影白玖は授業中ほとんど寝ているので、ある意味、静かだった。
　昼休み、コンビニへ行ってから開放されている屋上へと

向かい、ひとりでお昼を食べる。
　寂しいだとか、そういう感情はもうスッカリ感じなくなっている。最初からひとりでいると、それはそれで当たり前でいられるのだと気づいたからかもしれない。
　誰かに自分を理解してもらうとか、見せかけだけの友情なんてもういらない。ある日突然、すべてを失うなんてこと、絶対にしたくない。あんな思いをするのは、一度で充分。
　誰だって、できることなら傷つきたくない。それは私も同じだから……。

　少しゆっくりしすぎたせいか、次の授業のチャイムが鳴ったときには、まだ階段を下りているところだった。
　そして教室へ入ると、なぜか誰もいないことに気づく。
　え……。まだ授業はあるはずなのに。
　ひとり戸惑っていると、ガラガラと扉が開き、女子が駆け込んできた。
「あ……」
　私の姿を見て、少し驚いたようにそうつぶやいた女子が、自分の席らしい前の方の机に向かい。
「ペンケース忘れて……」
　どうやら忘れ物を取りに来たらしい。
「次、移動教室なの」
　そうか。だから、誰もいないのか。
　納得していると、その子がペンケースを手に私を振り

返った。
「あの……よかったら一緒に、行く？」
　次がどこの教室なのか、わかっていなかったりするので、そうしてくれるのはありがたい。
「うん、ありがとう」
　そう言って軽くほほ笑むと、長い髪をお団子にしている、白い肌(はだ)がキレイなその子が、なぜかホッとしたような笑顔を見せた。
「よかった」
　なにがよかったのかと思い、首をかしげると、その子が私を見て声を出した。
「松井さん、あまり話しかけてほしくなさそうだし、余計なお世話って言われるかと思って」
　ひとりでいいと思ってはいても、別に敵を作りたいわけではない。なので、そこまで避(さ)けていたつもりはなく、どう返せばいいのかわからずにいると、その子が歩きだした。
「あ、私、小池真緒(こいけまお)。よろしく」
　一見マジメでおとなしそうな印象の彼女だけど、真(ま)っ直(す)ぐに私の目を見て話してくれる。
「よろしく」
　私がそう言うと、小池さんは「行こう」と言って教室を出た。
　準備をして教室を出ると、小池さんは廊下で待っていてくれた。
　すでにチャイムは鳴った後。今さら走ったところで間に

合うわけでもないため、歩いて向かう。
「別校舎でちょっと遠いの。でも、遅れても大丈夫。あの先生、どうせ定年間近でやる気ないし怒らないから」
　先生なのにやる気ないって、それはそれでどうなんだろう。
「少しは、慣れた？」
　小池さんが、黙っているのも変だと思うのか、気を使って聞いてくれる。
「うん、まあ」
　慣れるもなにも、期待がないぶん、すべてを受け入れるしかないという感じだけど。
　ただ、"ひとりに慣れた"という意味では少しは慣れたと思う。今の状況は、大勢の友達に囲まれて過ごしていた、前までの私には考えられない。
「そう。じゃあ、よかったね」
　よかった……のかな。
　素直によかったとは言えないけれど、いつまでも過去を引きずっていても始まらないとも思う。
　終わったことを考えても仕方ないんだから。てことは、よかったってことでいいんじゃないの？
　そんなことを考えていると、小池さんが階段を下りながらふいにつぶやいた。
「御影くん……今日、やっと来たね」
「うん、そうみたいだね」
「隣で嫌かもだけど、ああ見えて普通の人だから」

あれが普通？　どう見ても、普通じゃない気がする。
「普通なの？」
　思わず聞き返すと、小池さんが笑って言う。
「普通っていうか……怖くないって意味。少なくとも、学校では静かだから」
　学校では静かって……じゃあ、学校以外では？
　とは思っても、あまり深入りしたくなくて、それ以上聞くことなく黙っていると……。
「なにかわからないこととかあったら、いつでも聞いて。私でよければ、だけど」
　そう言った小池さんは、少し照れたような笑顔を見せた。
　そんなふうに言ってもらえるのは、本当はとてもありがたいと思う。だけど、もしまた裏切られたら？
　過去を思い出すと、素直にうなずくことができず。
「うん、ありがとう。でも、大丈夫……」
　そう言って目を逸らすと、小池さんはそれ以上なにも言わなかった。

　その日の授業終わり、学校を出て家へと帰るためひとりで歩いていると、ふいに後ろから誰かが私の肩に腕を回してきた。
　え……。
　ビックリして顔を上げると、笑顔の男が私を見下ろしていた。
「あ、姫乃ちゃん、こっち？」

こっちがどっちのことを言っているのかわからず、というより、あまりの驚きに声も出せずにいると……。
「俺もこっち。奇遇(きぐう)だなぁ」
　奇遇もなにも、この男に慣れ慣れしく肩を抱かれる覚えなどない。
「うーん、やっぱいいな。その髪形、マジでいいよ」
「あの、なに……」
「つーかさ、俺と付き合わねえ？」
「はい？」
「姫乃ちゃん、超俺のタイプなんだよな」
　突然なにを言ってるの？　それに、タイプって髪形だけでしょ？
「ちょっと、満島くん、やめて……」
「いやいや、なにその他人行儀(たにんぎょうぎ)な感じ」
　他人行儀もなにも、どう考えても他人でしかないと思うんだけど。
「俺ら、クラスメイトじゃん。しかも、真剣交際申し込んでんのに、満島くんとか距離ある呼び方じゃ寂しいだろ」
　真剣交際を申し込むって……。
　こちらの戸惑(とまど)いなどお構いなしの男は、当然のように肩を抱いたまま。
「大牙でいいよ」
「いや、あの……」
「あ、そのへんは大丈夫、心配ねえって。俺、今は女いねえし、大事にすっから」

いや、そんなことひと言も聞いてないし。
「放して……」
「んー、つっても、ときどき浮気するくらいは許してくれるとありがてえかな。ほら、やっぱ男はそういう生き物だろ？」
　知らないし、男がどんな生き物でも私には関係ない。
「気持ちは姫乃ちゃんひと筋ってことで手ぇ打たねえ？」
　どうして手打ちをしてまで、付き合わなければいけないのか。
「な、とりあえず付き合ってみようぜ。んでから気持ちアゲてけばいいんじゃね」
　そんな軽い感じで付き合うなんてありえないし、そもそも私はもう彼氏とか……。
「ちょっと、ホントに放して」
「なんだよぉ、冷めてえな。いつも俺の挨拶も無視すっし。あ、なに、姫乃ちゃんってもしかして、ぼっちの自分に酔ってる系？」
　そう言った、信じられないほど慣れ慣れしくて、信じられないほど失礼な大牙が、後ろを振り返った。
「つーことで、姫乃ちゃんは今から俺の女な」
　どこでどうなれば、そうなるのか。この男、本気で頭おかしいんじゃないの。
　あまりのバカバカしさに返す言葉も失っていると、後ろからあきれたような声が聞こえた。
「嫌がってんだろ」

思わず立ち止まって振り返ると、御影白玖と藤波 壱が並んで歩いていた。
　白玖の高い身長に対し、壱はそれより少しだけ低い。まあ、本当に少しなので、一般的には高いほうだといえるけど。
「やめてやれ」
　そう言った白玖が、私たちを通り越す瞬間、大牙の腕をつかみ放してくれた。
「なんでだよ。マジでタイプなんだよ」
　そんな大牙の言葉に、壱がアッサリ返す。
「髪形だけだろ」
「違げえよ。細せぇし、なによりかわいいしな」
「でも、お前の好みにしては背が低い」
「いいんだよ、この際、背とかどうでも。スタイルも、まあまあ……」
「どこがだ。まあまあまでいってねえよ」
　ちょっと、私のスタイルは、まあまあ以下ってこと？
「壱……お前ってホント最低だな。まあまあまでいってねえとか、姫乃ちゃん傷つくだろっ！」
「まあまあはいいのかよ」
「まあまあは、まあまあだしな。んなに、悪くねえよ」
　まあまあで悪かったですね！　いったいなんなの、ふたりしてサラッと失礼なことを言うのやめてくれない？
　大牙と壱の会話に内心腹が立っていると、大牙が再び私の肩を抱いて歩きだす。

「ごめんなぁ、姫乃ちゃん。壱はちょい人に対する思いやりがな。ほら、いるだろ？ そういうやつ。愛情に飢えて育ったのが原因かもな」
「なんの話だよ」
　壱があきれた声を出す。
「人に対する情ってのがなにかわかってねえんだな」
「くだらねえ」
「だから、かわいそうなやつだと思って、許してやってくれよ」
「もういいぞ」
「ここだけの話、あいつ親に捨てられた過去があんだよ」
　捨てられたって……。
　本当かどうか怪しいと思っていると、大牙が私を見た。
「いやマジで。名前も壱っていうんだよ」
　それは知ってるけど。
「イチはねえよなぁ、さすがにねえ。どう考えてもただの数字だろ？ かっこよさげな漢字付けりゃあいいってもんじゃねえよ、適当にもほどがあんぞ」
　それはそれでいい名前だと思うけど、適当と言われればそんな気もする。
「で、まあ、グレたってわけだ。あいつがタトゥー入れてんの見たか？ あれは、自分を捨てた親に対する壱なりの反抗心なんだろうな」
　思いがけずヘビーな話を聞かされ、状況も忘れて壱の方を見ると、あきれた顔を見せていた。

「ウソだ」
「え？」
　ウソって……。
「この名前、けっこう気に入ってる」
　なにそれ。一瞬、信じたのに。大牙のいい加減な話を信じた自分がバカだった。
「情がなにかわかってねえのは、俺じゃねえよ」
　そう言った壱がため息をつくと、白玖が再び大牙の腕を私から放した。
「悪いな」
　そう言って謝られ、なぜ白玖が謝るのかわからないでいると……。
「せっかくぼっちに浸ってんのに、ジャマだよな」
「はい？」
　ちょっと、なにそれ。酔ってもいないし、浸ってもいない。そんなの大牙が勝手に言っただけで、そんなつもりなんて……ない、とは言い切れず。
　私が黙ってしまうと、白玖が嫌味っぽく笑い。
「否定しねえのかよ」
　否定はしない。
　そもそも、この男たちになにかを否定してまで、私を理解してもらう必要などないんだし。
　変に関わりたくないってだけ。
　白玖から視線を外し、サッサと歩きだしても、大牙はまだ話しかけてくる。

「でも姫乃ちゃん、完全にぼっちでもねえよな。今日、小池と一緒にいたしな」
「あれは、移動教室の場所教えてもらっただけで……」
「つーか小池って、マジでないよな。なんだあのボール乗っけたみてえな頭。男ウケは最悪だってのに気づいてねえ時点で、小池は終わってるな」

　それってお団子ヘアのことを言っているのだろうか。
「そうかな。私はかわいいと思うけど」
「いやいやいや、ねえよ。だから長げえ髪は嫌なんだよ。女って髪長いと、爆発したみてえに巻いてみたり、ボールにしたりで、ロクなことしねえだろ？」

　それをロクなことじゃないと思っているのは、大牙の勝手な好みの話だと思うんだけど。
「だから俺は短いほうがいいんだよ」

　そんなことを私に言われても、どうでもいい話なので返しようがなく。

　いったいどこまで一緒なのかとうんざりしていると、自宅のあるマンションが見えてきた。

　これで解放されるとホッとしていると、なぜかどこまでも付いてくる男たち。
「え、なに。姫乃ちゃん、もしかしてこのマンション住んでんの？」
「そうだけど……」
「何階？」
「……6階」

「マジか！」
　マジだけど、それがどうしたのかと思っていると、大牙が笑顔を見せた。
「俺らも6階。けっこうなご近所さんだったんだな」
「ウソ……」
「ホント」
「え、満島くん、ここに住んでるの？」
「満島くんじゃなくて大牙な。住んでんのは俺じゃねえよ」
「じゃあ、誰？」
　嫌な予感がする私がそう聞くと……。
「白玖がここに住んでんだよ。で、俺らは白玖んちに遊びに行くとこ」
　隣の席の不良は、ご近所さんでもあったらしい。
　それも、部屋番号を聞けば、隣の隣。ようは1軒挟んだ隣が白玖の住む部屋らしい。
　よりによって、どうしてこんな近くに、とは思っても、こればかりは偶然なのでどうすることもできない。
　なんだかガックリした気分になっていると、マンション横のガレージゲート付近に、他校の制服を着た男たちが数人立っているのが見えた。
　私たちに気づいた、ドクロのアクセサリーが目立つ男たちが一斉にこちらを見るから、なんだか不安になり一瞬足が止まる。
　見覚えがあるわけでもないし、たとえ知っている相手だとしても、私には関係ない。向こうが話しかけてくること

など絶対にないし、今は髪も切っていて、見た目も変わっている。それにここは、前にいた学校から遠い。

　だから不安に思うことなど、ひとつもない。

　男たちに気づいた白玖がそちらへと歩いていくから、白玖たちの知り合いなのだとわかり。

　もしかして一緒に遊ぶために待ち合わせていたのかもしれない。

　そう思っているのに、大牙と壱は男たちを気にするわけでもなく、エントランスへと向かっていく。

「え、いいの？」

　白玖を無視して行くので思わず聞くと、大牙がまた私の肩に腕を回してきた。

「いいって？」

「知り合いじゃないの？」

「誰と？」

「あの人たちと」

「あいつ、カツアゲされてんじゃね」

　カツアゲって、あの異様な威圧感のある白玖が？　そんなバカな話があるわけない。

「いやぁ、怖えーよな。不良に絡まれるとか、マジ怖えーよ。姫乃ちゃんも気をつけたほうがいいぞ。この辺、ヤンキー校ばっかなんだよ」

　確かに先生もそんなことを言ってたけど、不良なのに不良が怖いってどういうこと？

「しかも俺らの学校って、ヤンキー校に囲まれてんだよ。

ほら、うちマジメちゃんばっかだろ？ だから舐められてるってか、いいカモにされてるってか、もう怖えーのなんのって」
 それが本当だとしたら、確かに怖いけど。でも、怖いなら、なおさら白玖だけを置いていくのは違うんじゃないかと思う。
 関わるつもりはないけれど、そんなことを聞かされて無視することもできず、助けたりしないのかと思わず壱を見ると……。
「ウソだ」
「え？」
 また大牙のウソなの？
「もう来る」
 壱がそう言ったとき、白玖が男たちと別れ、こちらへと歩いてきた。
「なんだ？」
 私がじっと見ていたからか、また大牙の腕を放してくれる白玖にそう聞かれる。
 なんだか疲れた気分になった私は、力なく首を振った。
 これって完全にからかわれてる気がする。
「あ、姫乃ちゃんも白玖んち来いよ」
 行かないからっ！
 どこまでも適当な大牙の誘いを無視して、サッサとマンションへと入った私は、これから先の学校生活が静かでいられるのか不安になっていた。

わけのわからない大牙はこの際置いておくとしても、白玖が同じマンションってのはさすがにどうなの。学校でも隣で、家に帰っても隣近所ということは、ずっと一緒ってことじゃないの？
　そうはいっても、母親の再婚(さいこん)と同時に引っ越してきたこの家は、暮らし始めてすでに２週間を過ぎている。だけどその間、一度も白玖に会うことなどなかった。
　ということは、これからだって頻繁(ひんぱん)に会うわけでもないのかもしれない。
　そんな私の考えは、次の日の朝、さっそく裏切られることになった。

　玄関を出たところで、同時に出てきた白玖と廊下でバッタリ会ってしまい、重いため息が出た。
　まあ、そうなるよね。だって、昨日まで春休みが終わったことに気づいてなかったみたいだし。
　でも気づいてしまった以上、学校へ行くために朝から家を出るのは当たり前のことだろうし。
　同じ場所からのスタートなので、遅れないようゴールに着こうと思えば、同じような時間に家を出るのは当然のことなのかもしれず。
「はよ」
　まだ眠(ねむ)いのか、気だるげな声を出した白玖がエレベーターの方へと歩きだす。
　ボタンを上までとめるのが面倒(めんどう)なのか、それとも露出趣(ろしゅつしゅ)

味でもあるのか、大きく胸元がはだけているシャツ。

4月でまだ肌寒い気もするのに、上着も着ていない。

自慢の髪は……というか、本人が自慢にしているのかどうかは知らないけど、毛先を軽く散らしたアッシュグレーの髪は、ちゃんとセットされているふうでもない。

まあセットしなくても問題なさそうだけど。そもそもが奇抜な髪色なので、いったいどれが正解なのか私がわかるわけないし。

できれば一緒に登校するのは避けたいから、くつを気にしたり、忘れ物がないかカバンの中を見てみたりして時間を稼いでみても、たいした効果はなく。私が後から行くと、エレベーターはちょうど6階に着いたところだった。

「おはよう」

今さらだけど、面と向かって会っているのに無視もできず挨拶をすると、チラッとこちらを見た白玖が一歩横に移動した。

「どうぞ」

開いたエレベーターのボタンを押しながら、そう言って私を先に乗せる。

そして1階へ着くと、今度も同じように【開】のボタンを押して待つので、私に先に降りろという意味だと気づいた。

「ありがとう」

「いつだ？」

「いつって?」

聞かれた意味がわからず、マンションロビーからエントランスへと向かいながら、なんのことかと考えていると、白玖が隣に並んだ。
「いつ、越してきた？」
「あぁ……2週間くらい前かな」
　私がそう返事をすると、エントランスの扉を押して開けた白玖が、ここでも私を先に行かせてくれた。
「ふーん」
　聞いてきたわりに、たいして興味がないのか、軽い声が返ってくる。
　マンションを出ると、舗装された道にまぶしい朝日が降り注いでいた。
　同じ道のりで、同じ方向へ行く相手と、別々に行くというのは難しい。かといって、待ち合わせたわけでも、仲のいい相手でもない。
「お母さんが再婚して……で、ここに」
　無視しておけば……とは思っても、それはそれで変に気まずく、仕方なくなにか話したほうがいいのかと思い、私なりに気を使って口にした言葉だった。それなのに、返事がない。
　少し離れて歩く白玖を見ると、返事をしないわりに私を見ているから、もしかして話題が悪かったのかと思う。
「あ、再婚っていっても、別にそんなんじゃないし」
「そんなんじゃねえって？」
「えっと、付き合ってるのは前から知ってたし。松井さん

「……あ、新しくお父さんになった人ね。その人もいい人だし、別に暗い話じゃないっていうか……」
「ふーん」
「で、松井さん……じゃなくて、お父さん……が、結婚して私たちと一緒に住むために、あのマンション買ってくれて。それで、引っ越してきたの」

　私にとって、このタイミングでの母親の再婚はとてもありがたかった。名前も変わることができたし、なにより引っ越しもできて学校も変われたから。
「んで、転校って流れか」
「うん。でも、それでよかったと思ってる。前の学校で、ちょっといろいろあって……」

　別に言わなくてもいいことだけど、間を持たせるためには会話を続けることも必要だと思ったから。

　なにより、白玖の出す空気が思いがけず話しやすかったってのもある。

　どこまでも緩い空気をまとっていて、それが穏やかに感じるからかもしれない。
「いろいろ？」
「うん、いろいろ」
「いろいろってなんだ？」
「それは言いたくない。だけど、再婚はしてくれてよかったって思ってて……」
「そのわりに、松井さんって呼んでんだな」
　それもそうだけど……。

「でも、急にお父さんとか呼べないし」
「そうか？」
「そうだよ。御影くんなら呼べる？」
「呼べない、かもな」
「でしょ？」
　やっぱそうじゃんと思ったとき、前から歩いてきた人が私とぶつかりそうになった。
　ぶつからなくて済んだのは、ふいに腕がつかまれ、白玖の方へと引っぱられたから。
「だな」
　軽くうなずいた白玖が、そのまま自分の反対側へと私を引き寄せる。
　なぜそうするのかは聞かなくてもわかった。道の端にいたほうが、人にジャマされることなく歩きやすいから。
　昨日も思ったんだけど、白玖って予想外に紳士的なのかもしれない。
　大牙の慣れ慣れしい腕を何度も放してくれたのは、白玖だったし。
「あのさ、満島くんに言ってくれない？」
「大牙でいいんじゃね。あいつもそう言ってっし」
　呼び方など、この際どうでもいい。
「じゃあ……大牙に言っておいて。私をからかうのはやめてって」
　今後もあのテンションでからかわれ続けるのかと思うと、それはそれで迷惑だから。

「本気じゃないのもわかってるけど、正直、おもしろくもないし、相手する気分じゃないの。髪形を褒められても、別に私自身、気に入ってるわけでもなんでもないし、うれしくもなんとも……」
「自分で言えよ」
　アッサリと言われた言葉に、思わず隣を歩く背の高い白玖を見上げる。
「お前が思ってることを、なんで俺が言うんだよ」
　いや、まぁそうだけど。確かに自分で言えばいい話なんだけど。でも大牙とは友達なんだから、代わりに言っておいてくれてもいいんじゃないの？
「でも大牙ってウソばっかで、まともに聞いてくれそうにないから」
「知るかよ、本気で嫌なら聞くまで言えばいいだろ」
「まあ……そうだけど」
　確かにそのとおりではあるけれど、こういう場合『わかった、言っておく』的に話を合わせてくれてもいいんじゃないの？
　そう思っていると、私の方をチラッと見た白玖が視線を前へと戻した。
「簡単に預けんな」
　簡単に預ける？　それってどういう意味……。
「自分の言葉を人に預けて、まともに伝わるわけねえだろ」
　奇抜な髪色をした、隣の隣に住む不良は、当たり前のことを改めて私に教えてくれた。

第 2 章
友好

『最近、本気で危なくなってきてるよね』
『DEEP GOLDと「Crush Diamond」でしょ？』
『一触即発の事態になってるって。クラダイの新総長、イケイケだもんね』
『いよいよ抗争が始まるかもね』
『でもさ、実際どうなわけ。どっちの族が強いの？』
『規模の大きさでいうと断然ゴールドでしょ』
『だけどクラダイのタチの悪さは半端ないって聞くよ』
『そんなこと言い出したら「SILVER GHOST」は？』
『てかさぁ、それってホントにあるの？ 都市伝説なんじゃないの？』
『ありえる……ゴーストだけにね』

　　　　　＊　＊　＊

「なあ、思うんだけどよ。雨降ったらどうすんだ？」
　6月に入り梅雨が近くなる頃、教室でふと大牙がそんなことを聞いてくる。
「知らない」
「相変わらず冷てえな。つーか、雨だとどこで飯食うんだよ。屋上って、屋根ねえよな」
　そもそも、私はひとりになりたくて校舎の屋上でお昼を食べていたのに、いつの間にか不良3人組まで屋上に来るようになっていた。
「雨でびしょぬれのパンとか、俺食えねえぞ」

そんなの大牙に限らず、誰だって食べられないし。
びしょぬれのパンを想像してしまい、気持ち悪くなった。
大体、どうしてこんなことになっているわけ？
もともとは私に付きまとう大牙が、お昼に付いてきたことから始まった。あとのふたりは、屋上が開放されていることを今まで知らなかったらしく、『この場所いいな』って感じでノリで来るようになっただけ。
だから厳密に言えば、一緒に屋上でお昼を食べているわけじゃない。大牙が私に勝手に付いてきて、白玖と壱は私とは関係なく気に入った屋上でお昼を食べている……てことなんだけど。
だけど向かう先が同じだと、教室を出るタイミングも、屋上までの道のりも同じになる。
なんだかそんなのばっかだと思いながらも、こうなってから２カ月も過ぎれば、それはそれであきらめていた。
降ってもいない雨の心配をする大牙を無視して教室を出ようとしたところで、ふと自分の席でひとりお弁当を広げる小池さんが目に入った。
あ、またぁ……。
移動教室へ一緒に行った日以来、これといって小池さんと話をすることがないままになっている。わからないことは、うるさく構ってくる大牙に聞いたり、隣の席の白玖に聞くことで間に合っているから。
なんとなく気になりながらも、お昼を買うため、学校を出たところにあるコンビニへと向かう。

「姫乃って、弁当持ってこねえよな」
「そう言う壱も、持ってこないよね」
　だからこそ、こうしてコンビニでお昼を買ってから屋上へ向かう、という流れも同じになっているんだけど。
　スッカリお互いが名前で呼び合っている現状は、いいのか悪いのか。
　チャラくて壁のない大牙のおかげで、あまり愛想のよくない壱ですら、こうして会話するようになっている。
　いや、大牙のせいだけでもない。マンションが同じ白玖とは、毎日のように一緒に学校に来ているわけだし。これで壱とだけ話さないとか、逆に無理がある。
「まあな」
「弁当とか憧れるよなぁ」
　そんなことを大牙が言う。
「お弁当って憧れるものなの？」
「いや、いいぞ、それは遠慮しとく。姫乃に作ってもらうとか、んな贅沢俺は——」
「作るとか言ってないし」
　とにかく適当でチャラい大牙は、いつも誰にでもこんな調子だったりする。
　私、なにやってんだろ。誰とも親しくなるつもりはなかったのに……。
　そうは思っても、これはこれでいいんじゃないかとも思うようになっていた。
　チャラいし、うっとうしいけど、ときどきおもしろい大

牙は、誰よりも話しやすいし。

　笑顔を見せることがあまりないから愛想がよくないようにも見える壱は、なんだかんだで常識人だし。

　席も隣で、家まで近所の白玖は、ゾッとするほどキレイな顔をしているわりに、自意識過剰なところがなく、穏やかな性格だし。

　そんな3人だからか、仲良くしたくないという理由も見当たらない。

　確かに不良だし、目立ちはするけれど、だからといってなにがあるわけでもない。周りの生徒に威圧的な態度を取るわけでもなく、どちらかと言えば"優しい不良"くらいに捉えられているように見える。

　少し外見が周りの生徒より派手なだけで、本人たちはいたって普通だと思う。

　それはこの2ヶ月の間で、私自身が感じていること。

　正直なことを言うと、こういうタイプの不良は今まであまり知らなかった。不良といえば、もっと誰からも恐れられていて、軽々しく話しかけることもできない、というイメージだったから。

　だけど、白玖たちにそんな雰囲気はまったくない。

　これって、ある意味、とても静かな学校生活を送れているんじゃないかと思えた。

「私、ちょっと……」

　コンビニから学校へと戻り、屋上へ行くため階段を上がっている途中、そう言って教室のある階で足を止める。

「ああ、トイレな。んじゃ、先行ってる」
　大牙が訳知り顔でうなずく。
　いや、トイレじゃないから。それに、『先行ってる』なんて言い方をされると、いよいよ一緒に行動しているみたいに思えてくる。
　まあ『ちょっと』とかわざわざ言ってる時点で、私も充分その流れで動いてる気もするけど。
　正直なところ、ひとりでお弁当を食べていた小池さんに声をかけようと思っていた。
　もしかすると、そういうことはしないほうがいいのかもしれない。私だってもともとはひとりでいいと思っていた人間だし、そんな私が声をかけるのもなんだか違う気がするし。
　……でも、どうせあの３人と嫌でも一緒なら、もうひとりくらい増えてもいいんじゃないかと思う。断られたらそれはそれでいいんだし。
　教室に戻ると、お弁当を食べ始めていた小池さんが私に気づき顔を上げた。
「松井さん。どうしたの？」
「あの……さ」
「うん」
「もし、よかったらだけど……一緒に食べない？」
「え？」
「嫌ならいいの。ひとりがよければ……」
　私がそう言うと、今日もお団子くくりの小池さんがク

スッと笑った。
「そんなこと思うの、松井さんだけだよ」
　まあ、そう言われてみれば……。
　でも、それならどうして毎日ひとりで食べているのか気になる。
　そのことを聞いてもいいのか迷っていると、私の考えていることがわかったのか、小池さんが苦笑いを見せた。
「実は、仲良かった子が転校したの。ほらここ、３年間クラス替えないし、もうグループができちゃってて……今さら入りにくくて」
「そうだったんだ」
　そういうことだったんだと納得していると……。
「でも、いいの？」
　小池さんが聞いてくるからうなずく。
「うん。小池さんが嫌じゃなければ」
「真緒でいいよ」
　そう言って、うれしそうに笑ってくれる。
「じゃあ、真緒ちゃん。ここで食べる？　それとも屋上で……って言っても、屋上だと大牙とかいてうるさいんだけど」
　私はどっちでもいいんだし。
　そう思っていると、食べかけのお弁当の蓋を閉める真緒ちゃんが私を見上げた。
「屋上、行ってみたい」
　だったらそうしようと、私たちは片付けたお弁当を持っ

て教室を出た。
「松井さん、満島くんたちと仲いいみたいだね」
　屋上へ向かう階段で、真緒ちゃんにそんなことを言われる。
「私も名前でいいよ。こういうの、仲いいって言うのかな。まったくうれしくないんだけど」
「そうなの？」
「だって、大牙ってホントうるさいし」
「まあ、姫乃ちゃんかわいいし、ショートだしね」
　大牙のショート好きは、誰もが知っているらしい。
「そんなことないよ。スタイルなんか、まあまあ以下だし」
「まあまあ以下って？」
「ううん、いいの。ていうか、髪形がタイプって意味わかんないんだけど。だってさ、髪形なんてどうとでもなるし、どうとでもなることで好きも嫌いもないと思わない？」
「そう言われてみれば、そうかも」
「でしょ？　長いのがよければ伸ばせば伸びるし、短いのがよければ切ればいいだけだよね」
「そうだね」
「どうにでもなることで、好みとか意味わかんない。好みってのはさ、もっと自分では変えられない部分を対象にするべきだと思うんだけど」
　髪形だとか服なんてのは、取り替えればどうとでもなる。
　だけど、足が細くて長いだとか、顔が特別かわいいだとかは、簡単にどうにかなるものでもなく。

そういう部分を言うならわかるんだけど……。
「でも、やっぱ好きなんじゃない」
　ふいに真緒ちゃんがつぶやいた。
「え?」
「満島くんは、ずっと前からショートの子ばかりと付き合ってるしね」
　そうなんだ。まあ、大牙の過去の恋愛事情など、ある意味どうでもいいんだけど。
「真緒ちゃん、大牙のことよく知ってるの?」
　そこが気になり聞くと、真緒ちゃんが慌てた顔を見せた。
「……う、うん。あ、ただ、中学が一緒だったから。高校に入ってからは、クラスも同じだし……っていっても、ほとんど話したことはないんだけどね」
　そうは言っても、同じ中学だっただけあり、さすがに知らない相手ではないのか、私たちが屋上に出ると大牙が一番に声を出した。
「なんで、小池?」
　コンビニのおにぎりを食べていた大牙が首をかしげながら聞いてくる。
「誘ったの」
「だからなんでだよ」
「いいじゃん、嫌ならどっか行けば?」
　私がそう言うと、大牙はそれ以上追及することはなかったけれど……。
「お前、その頭なんとかならねえのかよ」

この前言っていたことを、本人に直接ぶつけだす。
「これ、マジでどうなってんだ？」
　大牙が真緒ちゃんのお団子をつかみ、不思議そうに見る。
「痛い、引っぱらないで……」
「なんだこれ、一体化してるじゃねえかよ」
「だって私の髪だから……」
「ボールにする必要あんのか？」
「長いから」
「じゃあ、切れよ」
「どうして……」
「ようは、ジャマなんだろ？」
「ジャマじゃなくて、好きで伸ばしてるの」
「いやいや、ボールにしてる時点でジャマってことだろ。切れって」
「嫌だよ、満島くんに関係ないじゃない」
「お前、色が白くて顔もそこそこかわいいんだし。ぜってぇ似合うって」
「か、かわいいって……なに言ってんの！　そ、そんなわけ……」
　顔を赤くして口ごもる真緒ちゃん。
　それを見て笑う大牙を横目に、金網にもたれてコンビニで買ったパンを食べていると……。
「ぼっちに浸るのはやめたのか？」
　カシャンと音を立て金網にもたれ、隣に座る白玖が聞いてきた。

「どうせここにいてもぼっちでいられないし」
「まあな」
「ひとりでお昼とか、無理っぽいしね」
「だな」
「それに、気がつくと毎朝、"誰かさん"と一緒に登校してるし」
「嫌なら時間ずらせよ」
「遅刻するよ」
「早く行けばいいだろ」
「いつもギリなのに、早くとか無理」

　あれでも精いっぱいなのに、これ以上早くとか考えられない。

　それに、この学校には妬みも嫉妬もウワサ話も、有名な暴走族もなにもない。3人の不良と、ごく普通の、気が抜けるほど退屈で平和な毎日しかない。

　だからひとりでいたいとか、無理に思わなくなってきていて……。

　毎朝、白玖と一緒に登校することも、こうしてお昼を大牙や壱と一緒に食べていることも、真緒ちゃんを誘ってみようと思うことも、すべてがごく自然な流れだったりする。

　正直なことを言うと、転校してきたときは、まさかこれほどまでに自分がこの学校に馴染むとは思っていなかった。

　自分でも意外だけれど、もしかするとこういうことを"居心地がいい"と言うのかもしれない。

「いいんじゃねえの」
　ふいに白玖がそう言うので、思わず隣を見る。
　明るい日差しが白玖の髪にキラキラと降り注ぎ、銀色に輝く髪も見慣れると悪くないと思えた。
「いいってなにが？」
　私がそう聞くと、普段あまり表情の変わらない白玖がめずらしく笑った顔を見せる。
「いろいろあって今ここにいるって思えれば、それでいいんじゃねえのか」
　いろいろあって、今ここにいる……。
　けっして特別な言葉じゃない。誰だって思いつくような簡単な言葉だけど、私にとってはとても意味のある言葉に感じられて……。
「そう……だね」
　小さくつぶやくと、白玖が私の方を見るから、慌てて視線を逸らす。
　正直、自分でもこれほど心に響くとは思っていなかった。どうごまかそうかと考えていると、ふっと笑った声が隣から聞こえた。
「俺、今、んないいこと言ったか？」
「言ってない」
　白玖から顔を背け、こぼれ落ちてくる涙を慌てて拭く。
「だよな、だったら泣くな」
「泣いてないし」
「声、震えてんぞ」

必死で隠そうとしているのに、白玖が顔をのぞき込んでくる。その距離はとても近い。
「違うから、これは……」
　ていうか、ホントに顔近いし。
　涙を見られたくなかったはずが、妙にドキドキして、赤くなりそうな顔を見られたくない、に変わる。
「隠すなよ」
「ホントに、違うから……」
「抱きしめてやろうか？」
「はい？」
　なにを言いだすのかと思っていると、白玖が笑う。
「断んなら、制限時間３秒な」
　いったいなにが３秒なのかと思ったとき、突然私の腕が引かれ、その胸に抱き寄せられた。
　細そうに見えて、意外としっかりしている身体が、私を優しく包み込む。
「今のはウソだな。３秒もなかったよな」
　自分でそうしておいて、ノンキに笑っている。確かに３秒もなかった。
「え、ちょっと……なにこれ……」
「なぐさめる的な？」
「そんなのいらないし」
「意地はんなよ」
「そんなんじゃないし、離してよっ」
　ちょっとウルッときただけだから。だから、泣いてるっ

てほどでもないし。そもそも泣いたからって、白玖になぐさめてもらわなくても……。

　そう思ったとき、白玖の身体が離れ、私の髪をクシャッとつかんだ。
「かわいくねえな」

　少し突き放したような口調。雑につかまれる髪。かわいくないという否定的な言葉。

　それなのに、頭に触れている手からは驚くほど優しい空気が伝わってきた。
「姫乃」

　思いっきり隣を意識して、返事ができずにいると……。
「明日も一緒、だよな？」

　一緒に登校することを、あえて確認するように言われ、なぜか胸がむずがゆくなった。
「わかったから、放して」

　そう言って逃れるように身体を動かすと、妙に優しい空気を出す男が笑いながら手を放した。

　正直、予想外だった。

　なんなの、あれ。白玖があんな空気を隠し持っていたとは、驚きでしかない。いつも気だるげで、授業中は寝ているところしか見たことがないのに。朝だって、眠そうなだけで別に普通だし。

　まあ、顔がゾッとするほどキレイなのは確かだけど、でもそれだけだと思っていた。

次の日の朝、私はいつもの時間に家を出られなかった。

とくになにかがあったわけでも、わざと時間をずらして白玖を避けたわけでもない。

ただ、寝ぐせを直すのにいつもより少し時間がかかったのと、母親が今日は帰りが遅くなるからどうしろだとか、どうでもいいことを大げさに言ってきたからだけのことで……。親ってホント、空気読まないよね。

朝の1分と、授業中の1分は絶対に同じじゃないと思う。だって、明らかに朝は時間が経つのが早いから。

ヤバイと思ったときには、すでに5分も過ぎていた。

慌てて家を出ても、フロアの廊下に白玖の姿はなく。

まあ、そうだよね。大体この時間ってだけで、待ち合わせてるわけでもなんでもないし。5分も遅ければ、先に行ってるのは当たり前だと思う。

でも、昨日あんなふうに言っていたのだから、もしかして待っててくれるかも、なんて思った私の考えは甘かったらしく。

いやいや、甘いってなに？ 別にどうでもいいんじゃないの。家が隣の隣で、教室でも席が隣ってだけで、白玖となにかあるわけでもないんだし。

そもそも、遅れた私を白玖が待たなければいけない理由なんてどこにもない。昨日言ってたのだって、嫌でも一緒になるのが前提にあるから言っただけのことで。

そんなことを考えながら、エレベーターで1階へと降りると、ロビーの来客用ソファに座る男が目に入った。

腕を胸の辺りで組み、うつむいて動かない白玖は、どうやら座ったまま寝ているらしい。私が近づいても、まったく動かない。
「白玖」
　声をかけると、ピクリと肩が揺れた。
　ゆっくりと頭を上げ、眠そうに目を開けた白玖が、すぐそばに立つ私を見上げる。
「はよ」
　寝起きの気だるげな雰囲気をそのままに、小さな笑みを作り静かに声を出す。
　そんな仕草や表情は、昨日と同じでどこか優しく見えた。
「寝てたな……」
「うん」
「すげぇ遅刻か？」
「ううん。5分くらい」
「そうか」
　組んでいた足を解いたものの、寝起きですぐに頭が働かないのか、視線を戻し再びうつむく。頭を支えるように髪をつかみ。
「すげえ寝てた気がする」
「いつもの時間に出た？」
「出た」
「じゃあ、ちょっとしか寝てないよ」
「急げば間に合うな」
「うん、そうだね」

「まだ眠みぃ」
「白玖って、座ったままでもホント熟睡だよね。授業中もそうだし……」
「もしかして、ずらしたのか？」
　ずらした？
　一瞬なにを聞かれているのかわからなかったけれど、すぐに思い当たった。
「違うよ。寝ぐせが直んなくて、それでちょっと遅れただけ」
　私がそう言うと、つかんでいた髪を放した白玖が、深呼吸するように大きく息を吐いた。
「だったら、待ってて正解だな」
　その言葉を聞いて、白玖にとっては別の可能性もあったのだと気づいた。
　もし私が時間をずらしていたとしたら、ここで待っていても無駄な可能性もある。私がいつもより早く出ていれば、どれだけ待っていても、この先私がここに来ることはないわけで……。
　そんな可能性もあると知りながら、それでも白玖はここで待っていた。
　少し伸びをしながら立ち上がり歩きだすから、そのあとをついていく。
「ごめんね。髪を短くしてから寝ぐせがひどくてさ」
　なぜか言い訳するような言葉が出た私に、いつものようにエントランスの扉を開けてくれる白玖は、気にしてないというように首を振った。

「今日、夕方から降るってよ」
「え?」
「雨な」
　そんなふうに話題を変えてくるから、これ以上気にしないほうがいいのかと思い、私も話を合わせる。
「お昼に雨降ったら、やっぱ教室で食べるしかないよね」
「そうだろうな」
「屋上、気持ちいいのに」
「だな」
「真緒ちゃん、今日も誘ってみようかと思って」
「いいんじゃねえか」
　私が歩きやすいように、歩く位置を変えてくれる。
「昨日、一緒に帰ったの」
「小池と?」
「うん。方向が同じところまでだけど」
「ふーん」
「白玖って、学校終わりはいつも大牙たちと一緒だよね」
「いつもってわけでもねえけどな」
　でも、帰りは朝ほど一緒になることのない白玖は、いつも大牙や壱とどこかへ行ったりしているみたいだから。
「どこ行ってるの?」
　そう聞くと、一瞬の間を空けてから、首をかしげるようにして考える。
「どこって……別に、言うほどのとこには行ってねえよ。壱の家とか、俺の家とか、あとはたまに他の学校のやつら

と遊んだりするくらいだな」
「そうなんだ……」
　他の学校ってのがどこのことなのかわからないけれど、その辺はあまり突っ込んで聞きたくないので軽く返した。
　突っ込んで聞きたくないのには、それなりの理由がある。
　なぜなら、どれだけノンキだとしても、やっぱり白玖たちは不良と呼べる人種だから。
　過去の自分を知る人間やDEEP GOLDのメンバーがこの辺りにいるとは思えないけれど、さすがにゴールドの存在は不良なら誰でも知っているはず。
　もしかしたら、白玖の遊んでいる他の学校の不良の中には、ゴールドとつながりがある人間がいるのかもしれない。
　それくらいゴールドは、大きな族だから。
　ゴールドにつながるかもしれない人間など、絶対に関わりたくない。だからこそ、不良友達のことを突っ込んで聞く気にはなれず。
「なんだよ」
「え？」
「急に黙んな」
「ああ、ごめん」
　違うことを考えていた意識を戻すと……。
「もしかして、帰りも一緒がいいとか思ってんのか？」
　ふいにそんなことを聞いてくるから、思わず白玖を見上げると、ふっと笑う。
「わけねえか」

わけない……わけでもない？
　一瞬そんなことを思った自分に驚いた。
　誰かを好きになるとか、誰かと付き合うとか、そういうのはもうしたくないのに。誰かを信じるとか、仲間意識を持つだとか、目に見えないつながりはもういらないと思っている。
　だって、最初から期待しなければ、傷つくこともない。
　ただ今は、同じ方向だから一緒に学校へ行く相手がいて、なんとなく一緒にお昼を食べる相手がいて、帰る方向が途中(とちゅう)まで同じだった相手がいるだけのこと。
　全部、"ただそれだけ"の相手なので、ある日消えてもなにも困ることはないんだから。
　一瞬湧(わ)いた感情を消すように、そう自分に言い聞かせる。
「姫乃」
　名前を呼ばれて顔を上げると、それだけの相手が私を優しく見ていて……。
「俺は思ってんぞ。お前と帰ってもいいってな」
　優しい笑みを向けられ、少し焦(あせ)る。
　ちょっと待って、今日の白玖、なんか変じゃない？
「急になに」
「なにって、だからお前と一緒に帰っても──」
「そうじゃなくて、どうしてそんなこと言うの」
　だって、白玖がそう思う理由がいったいどこにあるの？
「そう思うからだ」
「え？」

「自分が思ったことを言うのは、悪いのか？」
　どうしてそんなことを言われるのかわからない、という顔を見せられる。
「悪いとか言ってないし、そうじゃなくて……」
「なくて、なんだよ」
　なんだよって……。白玖と話していると調子が狂う。
「どうしてそう思うのかって聞いてるの」
「思うから、言っただけだ。どうして、とか知るかよ」
　掘り下げて考えるつもりがないらしい男は、いちいち聞くなよとでも思っているのか、ため息をつく。
「どうしてか正確に答えられたら、なにか変わんのかよ」
　そうじゃないけど……。
　確かに、そういう問題じゃないのかもしれない。もし私が白玖と一緒に帰りたくなかったとしたら、どんな理由があったとしても一緒に帰ることはしないから。
「そう思うってだけで、それ以外の意味なんかねえよ」
　アッサリとそう言った白玖は、信じられないほど単純でストレートな言葉を持っている男だと思った。

　その日、重大なミスをしていたことに私は気づいていなかった。
　お昼を一緒に食べた真緒ちゃんと、昨日と同じように帰りも途中まで一緒だった。
　真緒ちゃんと別れた後、ひとりでマンションまで帰ってきて、自宅の玄関前で家に入れないことに初めて気づいた。

朝、慌てて家を出たことで、どうやら私は鍵を忘れていたらしい。

　最悪……。

　そうは思っても、ないものはないのでどうすることもできない。仕方なくどこかで時間を潰そうと思いエレベーターを降りると、外は急に雨が降りだしていた。

　そういえば、白玖が夕方から雨だって言ってたような気が……。

　マンションのエントランスでスマホの天気予報アプリを立ち上げると、夜まで降り続く表示が出ていた。

　そうしている間にも雨が強くなってくる。

　この様子では傘なしでは外出できないと思い、仕方なく家の前に戻り母親に電話する。

　コール音はするけれど、着信音を切っているのか、電話に出ない。

　待つしか方法がなく、玄関横の壁にもたれ、うつむいてしばらく音楽を聴いていると、ふいにアッシュグレーの髪が視界に入ってきた。

　驚いて反射的に後ろに下がろうとした身体は、背中の壁に阻止される。

　イヤフォンで周囲の音をシャットアウトしていたので、近づく白玖に気づかなかった。

「なにしてんだ？」

　イヤフォンを取り、顔を上げると、私の視界に入るために屈んでいた白玖も身体を起こした。

「鍵……忘れて」
「家、入れねえのか」
「うん。しかも雨降ってくるし」
「最悪だよな。俺、ぬれた」

　見ると、確かに白玖の髪やシャツは雨にぬれている。
　いつもは輝いている髪も、今はしっとりとしていて、水滴がポタポタと肩に落ちている。肌に少し張りつくシャツが、普段ならわからない白玖の身体を浮き上がらせていた。
　それが妙に色っぽく見えて、慌てて視線を逸らす。
　なんだか、見てはいけないものを見たような気分になったから。
「お前は、ギリセーフだったみてえだな」
「うん、まあ」
「誰か帰ってくんのか？」
　自分の家の方へと歩いていく白玖に聞かれるから。
「帰ってはくるだろうけど……」
「けど？」
「遅いみたい」
　朝、遅くなるって言ってたような……。舞台を観に行くから、とかなんとか。
　どうしてこんな日に限って鍵を忘れたのか、自分で自分が嫌になっていると、自宅の鍵を開ける白玖が私を見た。
「うちで待ってろよ」
　うちでって、白玖の家でってこと？
「いいよ。あの、それなら傘貸してくれない？　どこかで

時間潰すし」
「どこかって？」
　どこかまでは、まだ考えてなかった。
「カフェ……とか？」
　適当に思いついたことを言うと、玄関を開けた白玖がふっと笑った。
「飲み物くらいなら、うちにもある」
　いや、そうだろうけど。
「親遅せえなら、飯は？」
　言われてみればと思い、自分の家の玄関を指差した。
「家の中に……あると思う」
　母親が用意しておくと言っていたから。
「それじゃあ、あっても食えねえな」
　ホントなにやってんだろ。鍵がないってだけで、すぐそこにあるものにも手が届かない。
　自分にあきれていると……。
「入れよ。どうせ誰もいねえし。それにうちなら、飯もあって食えるしな」
　そう言って、白玖が玄関を大きく開けた。
　誰もいないって……。それだと、ふたりっきりってことになるよね。いや、別に意識しているわけじゃないんだけど。……そうかな、意識してない？
　違う。意識してるとかしてないとかの話じゃない。
　とってもありがたい申し出には変わりないけれど……。
「いいの？　迷惑じゃ……」

「そういうのいいぞ、早くしてくれ、ぬれて寒いんだよ」
　そう言われると、遠慮しているのも迷惑になるのだと思い、白玖の家の方へと向かう。
　新しい環境になってから、そろそろ３ヶ月。
　私は、初めて自分以外の誰かの家に入ることになった。

「え、なにこれ」
　白玖の後に続き入った隣の隣の家は、自分の家とはまったく違う間取りになっていた。
「同じじゃないの？」
　同じマンションなので、当然、家の中も同じようなものだろうと思っていた。
　まったく違うことに驚いていると……。
「改装してんじゃねえか。リフォーム的な」
　白玖がアッサリと言う。
「そうなの？　え、部屋少なくない？」
「そうか？」
　白玖が首をかしげるから、うなずく。
「だって、うちはここに部屋あるよ」
　え、あるかな？　あってもここじゃないかも。
　なんだかあまりにも違うから、どこになにがあるのか自信がなくなってくる。
　家の中を興味津々で見ていると、タオルを持ってきた白玖が、髪を拭きながらリビングのソファにカバンを置く。
「お前の家の方が改装してるかもだぞ、どっちが原型かは

わかんねえな」
「え、そうなの?」
「知らねえけどな」
　今日、松井さんが帰ってきたら聞いてみよう。
「あ、飲み物はセルフな」
「え?」
「ジュースは冷蔵庫で、コーヒーとかホット系がいいなら、そのケースに入ってっし、好きに入れてくれ」
　カフェのように出してはくれないらしい白玖が、ぬれたシャツのボタンを外しだす。
「ちょっと、ここで?」
「ああ、だな」
　私に言われて初めて気づいたように、ボタンを外す手を止め、リビングの隣の部屋へと向かい。
「松井さんも遅せえのか?」
　白玖まで松井さんと呼ぶことに、なんだか少し笑えてくる。
「うん。だって、松井さんと一緒に出かけるって言ってたし」
　ドアを開けたまま着替えているらしい白玖に声をかけながら、なにげなくそちらを見ると、部屋の壁に大きな布が張りついているのがチラッと見えた。
　白地に銀色のペイントで、真ん中にドクロが描かれていて、その下には斧と槍のようなイラストがバツ印のように重なり合っている。
　少しイカついけれど、かっこいいタペストリーのような

物を、なんだろうと思いながら見ていると、白玖がまた聞いてくる。
「まだ、松井さんって呼んでのか？」
「うん。最近、松井さんしか呼べない気がしてきてる」
「まあ、間違いでもねえしな」
「でしょ。だって、どう見ても松井さんなんだもん」
「お前もだけどな」
「私は……」
　そこまで言って、そういえば自分も松井になったのだと改めて感じていると……。
「嫌なのか？」
　Ｔシャツに着替えた白玖が、部屋から出てきて聞いてくる。
　白の長袖のＴシャツに、ごく普通のジーンズ。
　一般的に見て、無難すぎるくらい普通の私服だけど、顔がキレイな白玖が着ていると、無難なんて感じではなくなる。
　白玖は、白がとても似合うと思う。制服のホワイトシャツですら、色っぽく見えたりするんだから。
「嫌って……」
「松井さんは、お父さんって呼ばれたいのか？」
「ああ、そっち」
「そっちって、どっちだよ」
「私のことかと……」
　私が松井だと嫌なのかを聞かれたのかと思ったから。

「お前は嫌でも松井だろ」
「え？」
「俺からすると、松井姫乃以外、考えられねえぞ」
　そうか、どれだけ自分が松井に慣れていなくても、松井姫乃という名前で出会った白玖からすると、松井以外だと逆に違和感があるのかもしれない。
　だって、白玖が急に御影ではなく、松井白玖になったりしたら、私も違和感があり受け入れにくい気がするから。
「なんか変だよね」
　考えると、それはそれでおかしく思えてくる。
「私より先に白玖のほうが、私の名前に慣れてるって、変じゃない？」
「笑うんだな」
　ふいにそんなことを言われるから、いったいなんの話かと思い白玖を見ると……。
「姫乃の笑った顔、初めて見た」
「ウソ……私、笑ったことない？」
「自覚なかったのか？」
「なかった、かも」
　笑わないでいようと思っていたわけではないから。
「じゃあ、計算じゃねえんだな」
「計算って、なにが？」
　よくわからず首をかしげると、白玖がどこか困ったように笑い。
「家にふたりってなタイミングで初めて笑顔見せられて、

俺がヤベえって思ってんのは、お前の計算じゃねえってことだな」
　ますます意味がわからず、黙っていると……。
「笑うと、イケてるってことだ」
　イケてるって……。
「なにそれ」
「かわいいって言ってんだよ」
「イケてるは、かわいいの？」
「俺の中ではな」
「え、待って、このタイミングって、もしかして変なこと考えてる？」
「考えてねえよ。考えてたとしても、するかよ。隣の隣に住んでんのに、お前の同意なく無理やりなにかしても、さすがにいいことなんかねえだろ」
　そういう問題なの？　というより、それって……逆に言えば、同意があればって話に聞こえるんだけど。
「あの、私は別に……」
「わかってる」
　軽くそう言った白玖が、キッチンへと向かう。
「でも、この先間違って俺を好きになったりしたら、言ってくれよ」
　冷蔵庫を開け、中からボトルのジュースを取り出す。そして棚からグラスを出しながら。
「そのときは、他の誰よりもお前を大事にしてやるよ」
　信じられないほど真っ直ぐな言葉を投げかけられて、た

ただただ驚いていると……。
「コーヒーじゃなくてもいいか？」
「……あ、うん」
「グレープフルーツでも？」
「……うん」
「俺好きなんだよ」
「え？」
「柑橘系な」
「……ああ、うん」
「微妙な空気になんなよ」
　グレープフルーツジュースの入るグラスをその場で差し出しながら、戸惑う私を見て笑う。
「まだ、すげえ好きって感じでもねえし、あんま意識されてもな」
「だったら、言わないでよ」
「でも、思ったしな」
「あのさ、思ったらなんでも言えばいいってものじゃないしね」
「いいだろ別に。大牙も言ってんだし」
　確かにそうだけど、大牙の場合は、それこそ私をからかっているだけで。
「大牙のあれは……意味が違うよね」
「同じだろ」
「違うし」
「どう違うんだよ」

どうって……。
「大牙は、浮気するとか言ってるし」
「ああ、まあな」
「ショートが好きなだけで、伸びたらそれまでだし」
「だろうな」
「そんな男と付き合うとか、ありえないし」
「それもそうだな」
「ね、全然……え、もしかして違わないの？」
　白玖も大牙と同じように、その程度の話なら……。
「お前、俺の話を聞いてたか？」
　なぜか不機嫌な顔になる。
「大事にするって言ってんのに、浮気とかするわけねえだろ」
　でも、浮気はしなくても、いつか気持ちが冷めることはあるんじゃないの。
　ある日突然、理由を聞かされることなく、ただ用なしにされたりしたら。ジャマにされて、周りも口をきいてくれなくなったりしたら。
　そんなことになったら、次はどこへ行けばいいの？　松井姫乃じゃなく、今度は誰になればいいの？　髪だって、これ以上どうすれば……。
「姫乃？」
"姫"でもなく、姫乃でもなくなったりしたら、私はもう消えてなくなるしかないんじゃないの。そんなことになるのは、耐えられないから。

「やめようよ、そういうの」
　本当にそういうのはいらない。曖昧(あいまい)な恋愛感情より、今こうしていられるほうがいい。
「そういうの、いいよ」
　家だって近所なんだし。
「知り合い、でいいんじゃないの」
　それなら、傷つかずにすむんだから。
「どうせ私、白玖を好きにはならないよ」
　白玖に限らず、もう誰も……。
「だったら、終わりな」
　やけにアッサリと言った白玖が、キッチンから出てきてリビングのソファに座る。
「まあ、もし気が変わったら言ってくれよ。俺はいつでも待ってるし。でも、とりあえずはこの話は終わりな」
　一方的に話を終わらせた男は、逃(に)げる私をけっして追いつめようとはしなかった。

第 3 章

過去

『知ってっか。クラダイ潰されんじゃねえかって話だぞ』
『ああ、それな。ゴールドの勝ちはもう見えたよな』
『まあ、当然っていえば当然だけどな』
『俺、クラダイけっこう好きで入りたかったんだけどなぁ』
『そういうやつこそ、無難にゴールドに入るんだよ』
『でも現実、それが一番妥当だよな』
『まあな。でも俺はSILVER GHOSTに入りてえ』
『マジか？　んなことになったら、俺とお前、敵になるじゃねえかよ』
『敵でもねえよ。あそこにはどこも手出さねえしな』
『触らぬたたりに神はなし、ってやつだろ』
『それ……反対じゃねえのか』

　　　　　　　＊　＊　＊

「腹減ったな」

　ソファに座り、グレープフルーツジュースを飲みながらテレビを観ていると、白玖がそう言って立ち上がった。

　再放送ドラマをぼんやりと観て過ごし、そろそろテレビにも飽きてきた頃だったので、時間的にはお腹が減ってもおかしくない。

　キッチンへと向かう白玖が冷蔵庫を開けるので思わず聞いた。

「白玖が作るの？」

「まあな、つっても適当だし、期待すんなよ」

「え、お母さんは？」
「いる。親父は最初からいねえけどな」
　いや、家族構成の話じゃなくて。
「お母さん、帰ってこないの？」
　そろそろ帰ってくる頃なんじゃないかと思ったから、聞いただけなんだけど。
「あー、親はあんま帰ってこねえんだよ」
　あまり帰ってこないとは？
　言っている意味がわからず、冷蔵庫をのぞいている白玖の方を見ると……。
「最近は週１くらいだな」
　冷蔵庫をのぞいたまま言う。
「……週１って、週に１回だけ帰ってくるの？」
　いったいどういうこと？　出張かなにかで、忙しいのだろうか。
「まあ、そうだな。掃除とかしに帰ってくるって感じだな」
「……単身赴任とか？」
　週に一度、掃除をしに帰ってくる親といえば、それくらいしか思いつかない。
「いや、そうじゃねえけど」
　キャベツを取り出した白玖が、それをキッチンに置き、再び冷蔵庫をのぞく。
「仕事が忙しいとか？」
「まあ、そうとも言うな」
　そうとも言う？

なんだか曖昧な言葉に、首をかしげていると……。
「男と一緒なんだよ」
　アッサリとそう言った白玖は、どう言えば伝わるのか、悩(なや)んでいるふうに言葉を選びながら。
「つっても、遊んでるわけじゃねえし。まあ、ようするに愛人ってやつだな」
　その言葉に、もしかしてあまり突っ込んで聞かないほうがいいのかと思っていると。
「金持ってる男に、金もらって生活してんだよ」
「そう……なんだ」
　私の戸惑いがわかったのか、白玖がこちらを見て笑う。
「別に、気にしてねえしな」
「そうなの？」
「俺からすれば、それがあの女の仕事だと思ってる」
　仕事？　愛人が仕事ってどういうこと？
「男と付き合って、金を出させて生活してるわけだろ？」
「うん」
「その金があるから、俺はこうして住むところがあって、飯も食えてるわけだしな」
「そうだね」
「だから、そこそこ金のある男と付き合って貢(みつ)がせるってのが、あの女の仕事だ」
　それが仕事って……。まあでも、間違ってはいないような気もする。
「小学校の頃それ言って、すげえ怒られたけどな」

笑ってそう言う白玖は、本当に気にしていないように見える。
　白玖が思いがけず話やすかったり、穏やかに感じたりするのは、こういう考え方からきているのかもしれない。
「親の仕事を調査しろ的な、授業があったんだよ」
「それ、私もしたかも」
「あれで、親の職業の欄に愛人って書いたんだよ。ずっとこれが普通だった俺にすると、マジでそうだと思ってたからな」
「うん」
「でも、当時の担任がそれを見て慌てたんだろうな。職員室で大騒ぎになったらしくて、校長が直々に家まで来たんだよ」
　笑っちゃいけないんだろうけど、なんだか話がおもしろくなってくるから、続きが聞きたくなる。
「それで？」
　キッチンに近づき、カウンター越しに聞くと、包丁を出した白玖が笑う。
「母親にたたかれた。『バカじゃねえの』ってな。『そういうことは外では言うな』って言われてよ」
　まあ、親としてはそう言うだろう。
「担任も、どう注意すればいいかわからねえしで、職員室で相談したらしい。んで、大事になったんだけどな。俺にしてみれば、注意されることに驚いたんだよ」
「白玖は間違ってないと思ってたんだよね」

「そうなんだよ。で、じゃあどう書くのが正解だったんだって聞いたら、その場にいた大人が、専業主婦的なことを書けってな」
「そうか、そう書けばよかったのか」
　なるほど、と思っていると、白玖が私を見て。
「今ならそれでいいとも思えんだろうけど、ガキの頃の俺にしたらショックだったぞ」
「ショック?」
「そうだぞ、学校の先生だとか校長までもが、これからはウソを書けって平然と教えてるってことだろ?」
「……確かに」
「主婦っぽいことなんか、いっこもやってねえのによ」
　白玖がフライパンを出しながら言う。
「で、俺はそこで悟ったんだな。大人は理不尽な生き物だってことをな」
　小学生だった白玖がそう思うのは、当然だと思う。
「よかったじゃん」
　私が笑って言うと、どこがだって顔をするから。
「白玖は早めに悟れて。どうせいつかは、大人がウソつきなことがわかるんだし」
「まあな」
「私のお母さんも、松井さんより前の彼氏のことは絶対に言うなって言ってる。なかったことにしようとしてるよ」
「そのウソはいいだろ」
　ウソにいいも悪いもないと思っているのに、白玖はそう

は思わないのか。
「それは、ありだな」
　フライパンに油を入れながら、火加減を調整している白玖は、とても手慣れていて妙にかっこいい。
「ウソにありとかある？」
「松井さんも、その辺のところは聞きたくねえだろうし、ウソをつきとおしてくれって思ってんぞ」
「そうなの？」
「男は、自分より前の男の話をされてもイラつくだけで、いいことなんかなんもねえしな」
　そういうものなのか。でも、それは女でも同じかもしれない。前の彼女の話など、できれば聞きたくないし。
　松井さんも薄々はわかっていても、知らないほうが幸せってことなのかもしれない。
「てか、この話やめよう」
　なんだか気持ち悪くなってきた。
「親のそういう話、考えたくもないんだけど」
　私がそう言うと、「そうだな」と笑う白玖。
　その顔は、とても穏やかで優しく見えて。なにより、自分が一緒になって笑っていることに驚く。こんなふうに笑える日がくるとは、思ってもいなかったから。
「ね、なに、作ってんの？」
「焼うどん的な物だ。麺あったしな」
「私も手伝おうか？」
「料理できんのか？」

「うん。いちおう母子家庭長かったし、でもうまくはないけどね。名もない料理は得意だよ」
「なんだそれ」
「冷蔵庫にあるものを、とりあえず食べられる形にするってだけの料理」

　私がそう言うと、白玖が笑ってうなずく。
「俺、逆にそれしか作れねえな」
「じゃあ、私はみそ汁でも作るよ」
「ああ、よろしく」

　私はキッチンに入り、白玖の隣に並んだ。

　名もない料理しか作れないらしい白玖が作ってくれた焼うどん的な物は、とてもおいしかった。
「おいしいよ」
「そうか？」
「うん。すっごくおいしい」

　リビングのテーブルで向かい合って食べる。

　そんな時間は、焼うどんのおいしさもあるからか、予想外に楽しい。なんだか、とても普通のことをしている、という気分になった。

　まあ、家の鍵を忘れ、近所に住むアッシュグレーの髪色をした不良とふたりでご飯を食べることが普通かどうかはわからないけれど。

　だけど、なんとなくだけど、こういうことが普通なんだろうなと思えた。というより、こうしている自分ってのが、

普通に思えるのかも。
　どこの学校のどこのクラスにもいるだろう、ちょっとした不良と、こうして少しずつ仲良くなり、お互いを知っていく中で楽しい時間を過ごす。
　きっとこういうのが、本当の私には合っていたんじゃないかと思った。
「キャベツとか入れんなよ」
「え、どうして？」
「みそ汁にキャベツはねえぞ」
　そう言って、嫌そうな顔を見せる白玖。
「なに、そのこだわり」
「これ、俺が捨てた芯じゃねえのか」
「まだ捨てられてなかったよ」
「捨てる気だったんだよ」
「薄く切ったから、大丈夫だよ」
「そういう問題じゃねえ」
「嫌なら、食べなくていいよ」
　なんでも食べるって言ったから、入れたのに。
　そう思っていると、白玖がなぜか笑った。
「なに？」
「いや、俺ら、なにやってんだと思って」
　突然我に返ったのか、そんなことを言いだす。
　言われてみれば、それもそうだと思った。
「ホントだね」
　自分たちで作った焼うどん的な物と、キャベツのみそ汁

を食べているって事実を冷静に考えると笑えてくる。
「なあ」
「なに」
「マジで大事にしてやるよ」
「え……」
「俺のものになれよ」

　その話は終わりじゃなかったの、とか。大事にって具体的にどういうこと、とか。私をもの扱いする気、とか。

　いろいろ思うことはあるけど、どれも口にすることなく。
「今、返事しなきゃダメ？」

　そう聞いた私に、優しく笑った白玖は、「いつでもいい」と言ってくれた。

『大事にしてやる』

　私はその言葉を、過去にも言われたことがある。

　高校入学の日、私は家から学校までの距離を走っていた。

　当時、まだ松井さんと結婚していなかった母親は仕事があり、入学式には行けないと言われていた。入学式に行くことができない母親は、正確な時間を把握していなかったらしく、私が起きたときには、すでに時間はギリギリだった。

　遅刻は確定だと思ったけれど、大事な入学式をあきらめるわけにはいかず、急いで用意して家を飛び出した。

　あきらめがつくほど遅れていたのなら、走らなかったかもしれない。だけど、走れば、もしかしたら……なんて、

微妙な時間だったから。

とにかく学校までの道のりを走っていると、私の横をフルスモークの車が1台通り過ぎた。そして、少し行った先で停（と）まる。

変なところで停まる車だなと思いながらも、気にせず横を通り過ぎようとしたとき、後ろの窓が静かに開いた。

何事かと思わず足を止めると、後部座席に座る男が見えた。

鋭（するど）い視線、シャープでスッキリとした顔、短めの黒い髪。

かっこいいけど、怖い。

それが、金城嵐志（かねしろあらし）の第一印象だった。

「1年か？」

そう聞かれて、一瞬返事が遅れたのは、まだ1年になった実感がなかったから。

慌ててうなずきながら気づくのは、男が私と同じ学校の制服を着ていること。

「乗れよ。送ってやる」

まったく予期していなかった言葉に、ア然としていると。

「車だと、今ならまだ間に合う」

それって学校まで送ってくれるってこと？

とってもありがたいとは思うけれど、常識外れの相手に素直にうなずけるほどの勇気は私にはなかった。

制服を着ているということは、当然高校生なのに。車に乗ってることも、フルスモークのその車も高級車だけどガラが悪いことも、どれをとっても常識から外れていること

が見てわかる。
　お金持ちが送迎してもらっている、という感じではないのが、世間など知りもしないはずの私にでもわかったから。
「いい……です」
　とても小さくなった私の声に、嵐志が聞こえないというような顔をする。そして、なにを思ったのかドアを開けて車から降りてきた。
「入学式だろ」
「はい……」
「遅れていいのか」
　よくないけど……。
「いいから乗れ。ビビってる時間がもったいねえだろ」
　怖がっていることがわかっているらしい嵐志が、私の腕をつかみ車の方へと引き寄せる。
「名前は？」
　完全にこの状況におびえていたので、名前なんて言いたくないと思った。
　だけど、ウソをつくほどの勇気もなかったから。
「姫……」
　間違いじゃない。姫も名前に入ってるし、なにより中学のときもみんなそう呼んでたし。
　まあ名前というより、まったく姫らしくない私をからかうための、あだ名的要素のほうが強かったんだけど。
　おとなしいわけでもなく、おしとやかってわけでもなく、かといって明るく活発ってわけでもない、目立たないごく

普通の私に、みんなは『どこが姫？』と言いながらも、そう呼んでいた。
　だからけっしてウソじゃないと自分に言い聞かせていると、すぐそばで嵐志が小さく笑ったのが見えた。
　今思えば、私はあの瞬間、すでに嵐志に恋をしていたのかもしれない。
　ただ、それ以上に怖いという思いがあったから、なかなか"好き"にはつながらなかっただけ。
　そのときの車の中は、正直ほとんど覚えていない。
　覚えているのは、かっこいいけど怖い嵐志が隣に座り、助手席にいる男と、運転する男も同じ制服を着ていた、ということくらい。
　結果的に、入学早々車で送られた私は、そのときそこにいた誰よりも注目されることになった。
「なに!?　姫って嵐志さんと知り合いだったの？」
　当然、周りはもう入学式どころじゃなくなっていた。
「あの人、金城嵐志さんって言って、DEEP GOLDって族の総長なんだよ」
「２年だよね」
「そうそう、見た？　超かっこよかった！」
「姫、どういう知り合いだったの？　そんなこと今までひと言も言わなかったじゃんっ！」
「だって、さっき初めて会ったばかりだし……」
　そんな私の声は、とにかく盛り上がる声に簡単にかき消される。

「あの子だって、ほら4組の髪の長い。男子たちがかわいいってウワサしてたよ」
「どれ？　ああ、あの子。ふーん、ホントだ、かわいいね」
「え、嵐志さんの彼女って1年なの？」
「そうみたい、今も車で送ってもらったんだって」
「姫っていうみたいだよ。同じ中学の子がそう言ってる」
「姫とか、超彼女っぽい。本名なの？」
「高遠姫乃だって、それで姫って呼ばれてるって」

　完全に私を嵐志の彼女だとかんちがいした女子たちのウワサは、男子にも広がり、入学式の後の進級式が終わる頃には、私の名前を全校生徒が知ることになってしまっていた。

　何度否定してもウワサは収まることなく、否定するのも面倒になっていた4月の半ば。あのとき助手席に乗っていた颯太さんと校内でバッタリ会った。
「お、嵐志の女。元気にしてっか？」

　ウワサ話を逆手にとった冗談のつもりで言った颯太さんのその言葉で、また彼女説が濃厚になり……。

　4月の終わり、今度は嵐志と中庭で会ったとき、私は怖さも忘れて話しかけていた。
「あの、みんなに違うって言ってください」

　嵐志にしてみれば、ウワサなどどうでもよかったのだと思う。だから、いちいち否定することもなかったのだろう。
　だけど、私はそうもいかなかったから。

「私、ホントに困ってて……」
　お願いするように言うと、そんな私をしばらく見ていた嵐志がまたあの笑みを見せ……。
「俺の女になれよ」
　なにを思ったのかそんなことを言いだした。
「そうすれば、違わねえだろ」
　まさかの提案に、そっちを選ぶなんてどうかしてると思っていると、嵐志の手がふいに私の頭を引き寄せた。
「大事にしてやるから」
　中庭で、私を胸に抱きよせながらそう言った嵐志の思いつきは、その言葉だけが切り取られた。
　切り取られた言葉は、もはや誰にも収拾がつけられなくなり、気がつくと、その日から私は本当に嵐志の彼女になってしまっていた。
　ただ、『大事にしてやる』と言った嵐志は、有言実行の男だったらしく、本当にそのとおりにしてくれた。
　朝は車で迎えに来て、帰りは車で送ってくれる。
　同じ学校のひとつ先輩だけどDEEP GOLDの総長でもある嵐志。周りは私を嵐志の彼女として大事にしてくれて、すべてにおいて守ってくれた。
　初めは、お互いに恋人ごっこ的な部分もあったと思う。だけど、1ヶ月、2ヶ月と一緒に過ごす間に、ごっこを越えた感情が私にも嵐志にも生まれて、ごっこに心が追いつき、心に身体が追いつく。
　それはどこまでも自然な流れで……。

恋のすべてを嵐志が教えてくれた。
　そして、夏休みに入った頃には、毎日のようにゴールドのたまり場でもある嵐志の家で過ごすようになっていた。
　世間でどれだけ恐れられていようと、彼氏としての嵐志は完璧(かんぺき)だった。
『怖い』はなくなり、『好き』だけになる。その『好き』も時間が経てば、より大きな想(おも)いとなっていく。
　……結果的に、そう思っていたのは私だけだったんだけど。
　だからこそ、傷ついた。
　クリスマスの日、人づてに聞いた嵐志からの別れの言葉。迎えの車はなくなり、冬休みなのに嵐志の家へ行くこともなくなった。
　充分傷つきながらも、冬休みが明けて学校へ行ったとき、嵐志と別れるということがどういうことかを思い知らされた。
　それまで友達だと思っていた誰もが、私と目を合わせることはなかった。会えば必ず笑顔で優しく話しかけてくれたゴールドのメンバーも、私などいなかったかのように無視をする。
　もしかしたら、嵐志との別れより、そのことのほうが私を傷つけたのかもしれない。
　入学早々、嵐志の彼女だと誤解され、それが本当の彼女になり、いつしかDEEP GOLDの"姫"と呼ばれ大事にされた私は、嵐志に捨てられた瞬間、すべてを失った。

ある日突然の無言スルーは、私の存在を全否定し、裏切られたという失意の孤独は震えるほどの恐怖となる。
　学校に行けなくなり、誰かになにを言われるわけでも、なにをされるわけでもないのに、家でひとり得体の知れないなにかにおびえる日々。
　母親の再婚話がなければ、私は今でも震えていなければいけなかったのかもしれない。
『大事にしてやる』
　その言葉を、もう一度信じることが私にできるのだろうか。

「姫乃ちゃんさ、御影くんとなにかあった？」
　真緒ちゃんの言葉に、ドキリとして思わず隣を見た。
　梅雨明けがすぐそこまで迫る晴れた空は、夏の日差しを私たちに届ける。
　白玖への返事を保留にしてから、なにか進展があったわけではない。いつもと同じ毎日を過ごしている。
　それなのに、帰りに学校を出たところで、そんなことを真緒ちゃんが聞いてくるから驚いた。
「……どうして？」
「うーん、なんとなくだけど、御影くんが少し変わった気がして」
　よくわからないけど、と首をかしげながら、真緒ちゃんが続ける。
「優しい感じになったのかな」

「白玖が？」
　とぼけるように聞いている自分に少々あきれながらも、まだ返事をしているわけでもないので、真緒ちゃんに言っていいのかどうなのか迷っていると……。
「うん。優しくなった気がする」
　真緒ちゃんが今度は力強くうなずいた。
「それと私がなにか関係ある？」
　白玖が優しくなったからといって、私と結びつけるのも違うんじゃないかと思う。
「だって御影くんって、満島くんと藤波くん以外だと、姫乃ちゃんくらいしかまともに話してないし。それに毎朝一緒に来てるでしょ？」
「それは、家が近いから」
　私がそう言うと、真緒ちゃんが笑う。
「家が近いからって一緒に行くの？　そんなの、聞いたことないよ」
　確かにその通りだと思うけど……。
　どう答えればいいのかわからないでいると、真緒ちゃんが私を意味ありげにのぞき込む。
「なにもないならいいの。気にしないで」
　気にしないでって感じでもないけど？
　そうは思っても、これ以上突っ込まれたくないので黙っておく。
「それよりごめんね、本当にいいの？」
　白玖の話をやめた真緒ちゃんは、どうしても欲しい参考

書があるらしく、学校帰りに買いたいんだけど、その参考書を置いている本屋が遠いというので、ヒマな私も付き合うことになっていた。
　なので、今日はめずらしく家ではなく、駅に向かっている。めずらしいというより、引っ越してきてから初めてかも。
「いいよ、帰りになにか食べようよ。真緒ちゃん、時間いいの？」
「うん、今日は少し遅くなるかもって言ってあるし」
「あの辺だと、おいしいハンバーガーの店あるよ。そこ行く？」
「行く行く。え、あっちの方、姫乃ちゃんよく知ってるの？」
　明るく聞かれて、一瞬どう答えようか迷った。でも、別に隠すこともないと思い、正直に話す。
「前の家、あの辺の近くなの」
「あ、そうなんだ。学校も、あの辺だったの？」
「うーん、学校はもっと遠いかな。ていうか、近くもないかも」
　よくよく考えると、それほど近いわけじゃない。だからこそ、真緒ちゃんの買い物に付き合ってもいいかと思えたわけで……。
「前の学校って、どんなだったの？　今と変わらない？」
　真緒ちゃんにすると、ただ興味があって聞いているだけなんだと思う。なので、当たり障りのない範囲なら答えてもいいかと思った。
「全然違う。まず、マジメな人が少ない」

「そうなの？」
「うん。不良が多かったしね」
　DEEP GOLDのメンバーが多く、嵐志を筆頭に幹部のほとんどがその学校に通っていたので、嫌でも不良が多かった。
「そうか、だから姫乃ちゃん、御影くんたちと仲良くなったのか」
「それ、関係ある？」
「御影くんたちも不良でしょ？」
「そうだけど……」
「不良に慣れてるんじゃない？　それを満島くんたちも感じるから、姫乃ちゃんに構うんだよ」
　不良に慣れてるとか、わかるものなの？
　よくわからず黙っていると、真緒ちゃんが私を見て笑った。
「だって姫乃ちゃん、最初から御影くんたちのこと怖がってなかったし」
「まあ、怖くはないかな」
「でしょ？　それに姫乃ちゃんかわいいし、あの無駄にイケメンの３人といても違和感ないもん。私とか絶対無理。一緒に並びたくないし」
「なにそれ。ていうか、真緒ちゃんかわいいよ」
　私がそう言うと、真緒ちゃんは大きく首を横に振り、『それはない』というような仕草を見せる。
　そんな仕草もかわいいのに、本人はそう思っていないの

か。
「ないないない。私とかホントないし。うーん、でもやっぱ、御影くん変わった気がする」
　またその話に戻る真緒ちゃんが、駅の方へと足を向ける。
「なんだろ。優しくなったし、ピリピリしないって感じ」
「ピリピリ？」
「うん。最近それないもん」
　そんな言い方をすると、前はよくあったみたいに聞こえる。
　でも、前っていうのが１年前とかだと、私は知らなくて当然。１年から一緒だった真緒ちゃんにはわかっても、私にはわからないんじゃないかと思った。
「最近っていつ？」
「最近は最近だよ。ホント最近」
「じゃあ、私が最初に会った頃はしてたってこと？」
「うん、その頃がピークだった気がする」
　そんな感じだったかなぁ？　まったくわからない。
　でもその頃は、そもそもが初対面なので、白玖がどんな男なのか知らず、考えてもいなかったから。
「てか、白玖っていつも寝てるし、わかんないよ」
　本当にいつも寝ているので、ピリピリなんて空気、私にはまったく感じられない。
「まあ、そうだね。きっと、いろいろと忙しいんだよ。御影くんはとくにね」
「忙しいの？」

「うん、だと思うよ。まあ、私もその辺のことは、よく知らないんだけど」
　どうでもいいのか、軽く言って笑う真緒ちゃんが短い前髪を気にしながら。
「私、もしかしたら御影くんは、姫乃ちゃんを好きなんじゃないかって思ったから。それで優しく見えるのかなって」
　サラッとそんなことを言われ、またドキリとしなければいけなくなった。
　いちいち動揺する自分が、なんだか白玖を意識しているみたいに思えてくる。
「でも、そうじゃないんだね」
　違うとも言い切れなくて、黙っていると……。
「あ、でもわかんないね。御影くんが好きって想ってるだけってこともあるしね」
　意外と鋭い真緒ちゃんは、とても話しやすい。
　他愛ない話をして笑い合う。ただそれだけのことも、今の私には充分すぎる楽しさを与えてくれる。
　もしかしたら私にも、本当の友達と言える相手ができるかもしれないと思った。

　参考書が置いてある本屋は、ハンバーガーショップから少し距離があった。ふたりで本屋をブラブラしてから、歩いてお店へと向かう。
　そして、久しぶりに食べたハンバーガーに満足して店を出た頃には、すでに夜になっていた。

「姫乃ちゃん、時間大丈夫？」
「うん、全然」
　電話も入れてあるので、遅くなっても問題ない。というより、今はいつも家にいる私だけど、前はまったく家にいなかったので、これくらいのことでは母親も心配しない。
　なんだかんだと話しながら駅が近くなってきたところで、ふと足を止めたのは、聞き慣れた音が雑踏に紛れて聞こえてきたから。
「どうしたの？」
　立ち止まる私を真緒ちゃんが振り返る。
「ううん、なんでもない」
　首を振って、歩きだす。
　いよいよ駅が近くなったところで、周辺のロータリーに何台かのバイクが停まっているのが見えた。さらに駅前まで行くと、何台ものバイクが次々にロータリーへと流れ込んできた。
「なんだろうね」
　その異様な空気に真緒ちゃんが不安そうな顔を見せたとき、私たちの歩くすぐそばに、車が１台、猛スピードで走ってきてピタリと停まった。
　その車が、誰がなにをするための車かを、私は知っている。
「姫乃ちゃん、早く……帰ろ……」
　真緒ちゃんがそうつぶやいたとき、車の助手席から男が降りてきた。

その人物を知っている私は、嫌でも足を止めるしかなく。
「颯太さん……」
「久しぶりだな、姫」
　そう言って私に笑いかけた颯太さんが、後部座席のドアを静かに開けた。
　そこから降りてきた男を見た真緒ちゃんが、怖くなったのか、私の腕をつかんだのがわかった。
　嵐志の顔をまともに見るのは半年ぶりかも。
　そんなことを考える余裕がある私は、おびえる真緒ちゃんの手を握った。
「知ってる人」
　小さくそう言うと、真緒ちゃんがおどろいた。
「え？」
「前の学校の先輩」
「そう……なの？」
　私の簡単な説明で前の学校をどう想像していたのかはわからないけれど、真緒ちゃんの想像をはるかに超えているのは間違いなく。
「話がある」
　第一声、低い声を出した嵐志が、久しぶりに会う私をジッと見つめる。
「友達と一緒だから……」
「帰るんだろ？」
「そうだけど……」
「送らせる」

アッサリとそう言った嵐志が、颯太さんを見た。
「車、呼んでこい。一般車な」
　颯太さんが周りを見渡し指示を出す。
　一般車とは、いかにも族車ではないということ。
　真緒ちゃんを送るための車が用意されそうになっていることに気づいた。
「ちょっと待って……」
「乗れよ」
　車のドアに腕を乗せ、当たり前のように言う嵐志は、族の総長という威厳をどんなときも忘れることはない。
　そうだった、嵐志はこういう男だった。
　基本的にこちらの意思など無視することを思い出す。
「話……ってなに？」
　いったい今さら私にどんな話があるのか、サッパリわからないけれど、少なくとも真緒ちゃんを見知らぬ男の車でひとり帰らせるわけにはいかず。
　真緒ちゃんは、ゴールドに送られることを喜びとするような、前の学校の女子たちとは違うのだから。
「話があるなら……今聞くよ」
　こんなやりかたをしてまで、したい話ってのがあるとは思えない。
　嵐志が、一瞬足元に視線を落とした。
「戻ってこい」
　戻ってこいって……どこに？
　意味がわからず黙っていると、視線を上げ私を見る男が

少しの間を空けて口を開いた。
「あのときは、悪かった」
　あのときがどのときか、聞かなくてもわかる。
　終わったことを謝られても、今さらどうなるわけでもなく。
「もういいよ」
「よくねえ」
「大体、戻るってどこに？」
　もう引っ越した後だし、なにより『戻る』の意味がわからないでいると……。
「今度こそ、大事にする」
　静かな声を出す嵐志の視線が、私を真っ直ぐに見つめる。
　大事にって……。
「俺のところに戻ってこい」
　久しぶりの元彼との再会はDEEP GOLDが仕切る街の中だった。

第4章
真相

『やっぱゴールドのほうが強かったんだね』
『このままクラダイが引き下がるとも思えないんだけど』
『そういえば、この前クラダイの総長見たよ』
『マジで。え、どんな人なの？』
『たぶん、みんなのイメージと違うよ。性格と外見が合ってないし』
『私も見た。確かに想像と違ってたけど、でも顔はイケてたかな』
『嵐志さんより？』
『それは微妙。私は断然、嵐志さんのほうがかっこいいと思う』
『じゃあ、SILVER GHOSTの総長は？　誰か見たことないの？』
『一度だけあるよ。私的には嵐志さんよりかっこいいと思ったけど』
『SILVER GHOSTって、都市伝説じゃなかったんだ……』

* * *

『俺のところに戻ってこい』と言われて、はいそうですかと簡単に思えるほどバカじゃない。
　嵐志のことは、本当に好きだったと思う。ウソみたいな始まりだったけど、時間が経つにつれ、嵐志の隣にいることがなにより幸せだと思うようにもなっていた。
　だからこそ、私は傷ついた。

「今さらなに……」
　凍える寒さのクリスマスから、転校するまでの3ヶ月。何度も泣き、何度もあきらめ、何度も閉め出した想いが、簡単に戻ってくるはずない。
「どうして今頃……」
「悪かった」
「謝ってなんかいらないから！」
「姫」
「いらないって、用なしだって、そう言ったの誰っ？」
「姫……」
「颯太さんだって、今さらなにっ？」
　学校で会っても、私が見えていないかのように無視しておいて、『久しぶり』だなんて簡単に言わないでほしい。
「私、戻らないから」
　戻るもなにも、嵐志との時間はもう私の中で終わったこと。すべては、過去でしかなく。
「帰る……行こう、真緒ちゃん」
　困惑した表情の真緒ちゃんの背中を押して歩きだそうとすると、ふいに嵐志が私の腕をつかんだ。
「待て」
「放して！」
「姫」
「やめてよっ……」
「好きなんだよ」
　そんな甘い言葉を吐き出す嵐志が、強い力でつかんだ腕

を引き、つぶやいた。
「今でもな」
「今でもって……」
　簡単に捨てておいて、よくそんなことが言える。
「じゃあ、あれはなんだったの？　どうしてあのとき……」
「お前を守るためだった」
　私を守るため？　守るの意味、わかってるの？
　あれほど傷つけておいて、その理由が『守るため』だなんて、信じられるわけがない。
「とにかく車に乗ってくれ。ここに長くいるのはマズイ」
　それはそうだろう。駅前に暴走族が集まっているとなれば、警察が来るのも時間の問題。
　そう思っていると、ロータリーへと入ってきた一般車が１台、嵐志の車の後ろについた。
　このままでは、強引にでも真緒ちゃんがその車に乗せられるかもしれないと思うから。
「わかったから、放して……」
　私がそうつぶやくと、嵐志は素直に手を放した。
　真緒ちゃんを見ると、その顔には不安しかない。少し離れたところまで真緒ちゃんを連れていき、あやまった。
「ごめん、真緒ちゃん。先に帰ってもらっても……いい？」
「いいけど。姫乃ちゃん、大丈夫なの？」
「うん。大丈夫」
「でも……」
　真緒ちゃんが本当に大丈夫なのか心配するのもわかるか

ら。
「実はあの人、前に付き合ってた人なの。元彼ってやつ。だから大丈夫」
「え、あの人と？」
心底驚いたような顔をされると、苦笑いで返すしかない。
「私は話なんかないんだけど、見てのとおり強引だし。今日はホントにごめん」
「ううん……大丈夫ならいいよ」
「真緒ちゃんがいいなら、車で送ってくれるけど」
「いい、いい。電車で帰るから」
真緒ちゃんが全力で拒否する。
「そうだよね。ホントごめんね」
「ううん」
「じゃあ、また月曜ね」
「うん」
最後まで不安そうに何度か私を振り返る真緒ちゃんに、笑顔で手を振って別れる。
こんなことになるとは思っていなかったから、本当に悪い気がして、月曜に改めて謝ろうと思いながら振り返ると、すでに何台かのバイクがもう駅を出ていた。
私が車の方へと近づくと、ドアを開けたままの嵐志はなにも言わずに私が乗り込むのを待っている。
「家に送ってくれるだけなら乗る」
私なりに考えた妥協案。どこかに行って話をする、なんてことはしたくないから。

「それがダメなら乗らない」

　小さく息を吐き出した嵐志が、颯太さんの方を見た。
「仕方ねえだろ。じゃあ、送るよ」

　仕方ないは嵐志に、送るは私に言った颯太さんが、助手席に乗り込む。
「やっと会えたんだしよ。あんま無理言うな」

　その言葉を聞いて、どこかツラそうにため息をつく嵐志が私を見た。
「髪、切ったんだな」

　切ったよ。嵐志に捨てられて、私はたくさんのものを失ったんだから。

　私が乗り込むと、嵐志が隣に座り、ドアがバタンと閉められる。同時に、車が動きだした。
「姫がハンバーガー屋にいるって連絡入ってから、すぐこっち向かったけど、間に合ってよかったよ」

　それをよかったと思うのかどうかは颯太さんの問題であって、私の知ったことではない。
「さっきの友達、送っていかなくてよかったのか？」

　送っていかなくてよかったし、真緒ちゃんが送られたいとも思ってなかったことが、この人たちにわかる気がしないのは、もしかすると私が変わったからなのかもしれず。

　以前は当たり前だった日常も、今はどこか居心地が悪い。
「でも、会えてよかったよ」

　颯太さんが軽くそんなことを言うから。
「会いたいと思ってたんですか？」

嫌味を込めて言った私の言葉に、車内の空気が変わったのを感じた。
「姫……」
　嵐志が困ったような声で私の名前を呼ぶから。
「わかってたよね。私がどこにいるかくらい」
　ゴールドが本気になれば、できないことなどない。
　私を見つけたければ、どれだけ遠くに引っ越そうと、探し出せばいいだけの話。今日、たまたまハンバーガーショップに行っただけでこうして会えるのだから。
「探しもしなかったくせに、会いたかったみたいな言い方しないでよ」
　嵐志を見ることなくそう言うと、颯太さんが振り向いた。そうしたわりになにも言わず、再び前を向く。
　そんな態度は、なにを言えばいいのかわからない、というように見えた。
「そうだ、わかってた。お前がどこにいるのか」
　嵐志が認める。
「でも、来なかったよね」
「それは……」
「来てほしかったわけじゃないよ。そうじゃなくて、会おうと思えばできたでしょってことを言ってるだけだから」
「姫……」
「わかってるなら言うけど、今の学校、すっごく普通なの」
「普通？」
「そう、普通。でも、それでいいの」

逆にそれが、よく思えてきているから。
「せっかく普通の生活に慣れて、楽しくなってきたところなのに……」
「普通なわけねえだろ」
　あきれたようにつぶやく嵐志がふっと笑うから、思わず隣を見ると……。
「わかってても、行けなかったんだよ」
　わかっていても行けないって、どういうこと？　わかっているのに行けないところなんて、ないんじゃないの？
　よくわからず黙っていると、嵐志も私に視線を向けた。
「あそこは、簡単に入れる場所じゃねえからな」
　簡単に入れる場所じゃない？
「それ、どういうこと？」
　言っていることがサッパリわからず聞くと、前で颯太さんが声を出した。
「そうか……姫は知らねえのか」
　いったい私がなにを知らないのかと思っていると、嵐志がため息とともにつぶやいた。
「あそこはSILVER GHOSTのシマなんだよ」
　嵐志がなんの話をしているのかよくわからず。
「シルバーゴーストって？」
「あそこをシマにしてる族だ」
「あそこって、どこ？」
　そもそもあそこってのが、私にはいまいちわからない。
　そう思っていると、前で颯太さんが困ったようにため息

をついた。
「姫の住んでる辺りだ」
　私の住んでいる辺りなんて、どこからどう見ても普通の街でしかない。
　でも、他の暴走族のテリトリーに嵐志たちが入れないのだとしたら、会いに来なかった理由は理解できる気もする。
「あそこには、見えねえ要塞があるんだよ」
「要塞？」
「ゴーストのトップを守るための要塞だ。姫が住んでる辺りは、その要塞のど真ん中にある」
　そんな話は、聞いたこともなく。
「周りの学校が、そこを守ってんだよ」
　周りの学校って……。
　そういえば、大牙がそんなことを言ってたような気がする。うちの学校は、ヤンキー校に囲まれているとかなんとか。
「うまく考えてあるぞ。周りの学校やその辺りに住むやつらが、たいして苦労せず、それぞれが自分の行動範囲内を地味に守ってればそれでいいんだしな」
　感心しているように言う颯太さんが苦笑いを見せ、話を続ける。
「辺り一帯をそうやって守らせておいて、トップはそのど真ん中にいるんだからよ。そりゃあラクだよな」
　それが、私の住んでる辺りってこと？
　周りにヤンキー校はたくさんあっても、私の行動範囲は

穏やかそのもの。だからこそ、そんな族があるとは今まで知らずにいたけど……。
「でも、そんな感じひとつもないけど？」
　私がそう言うと、嵐志が隣で口を開く。
「だから要塞なんだよ」
　要塞ってのがなんなのかハッキリとはわからないけれど、守られているということだとしたら、その中は静かで当たり前なのかもしれない。
「そこに私が？」
「そうだ」
「そう……」
　偶然とはいえ、気づかないうちに私はその中で生きていたらしい。
　あまりに平和な毎日は、暴走族だとか、そのトップだとか、そういうのは無縁だと思っていた。
　なんだか私の日常とはかけ離れた話なので、どう言えばいいのかわからない。
「連絡は取れねえし、むやみに踏み込むわけにもいかねえしで、今日やっとお前から出てきて、こうして会えたんだよ」
　嵐志がそう言って、ため息をつく。
「ケータイ、つながらねえだろ」
　確かに、転校するときにスマホを買い替えた。どうせいらないと、前のデータを移行することもなかった。
「今お前は、俺が手の出せねえ場所にいるんだよ」

もしそれが本当だとすると、今日のすばやい動きも納得できる気がした。
　今日、知らずにとはいえ、私がSILVER GHOSTのシマから出たこの機会を、嵐志は逃せなかったということなんじゃないかと。
「ゴーストは、なにもせずにこっちの弱点を手に入れた」
「弱点？」
　颯太さんの言葉に首をかしげる。
　私がわかっていないのがわかるのか、颯太さんが説明する。
「どういう事情があったとしても、姫が向こうにいるってことは、ゴーストにとって有利な材料でしかない」
「有利って？」
「俺らは、ゴーストの状況がつかめねえ。要塞の中は、なにがどうなってんのかもわかんねえからな。もし向こうが、姫の危険を条件になにか言ってきたとしたら、とりあえず要求をのむしかこっちには方法がねえんだよ」
「でも向こうは、私のことなんて知らないよ」
　もし私になんらかの価値があったとしても、向こうがそのことに気づいていなければ、意味がないわけだし。
　そう思っていると、ありえないというように颯太さんが笑った。
「知らねえはずねえよ。どれだけ"元"だとしても、DEEP GOLDの姫を知らねえ族なんて、この世にねえしな」

ということは、SILVER GHOST側は私がわかっていて、知らん顔しているということ？
　今までは、族なんてないと思い込んでいたから、私が誰でも関係ないと思っていた。だけど、その話が本当だとしたら、例え過去だとしてもゴールドの姫だった私を把握はしているということになり。
「つまり、偶然だとはいえ、最悪の状況になってるってことだ」
「最悪なの？」
「俺らにすると、姫はある意味、人質と同じだからな」
「人質……」
「姫が向こうにいる限り、こっちが下手に手を出すわけにはいかねえからな」
　信じられなかった。私は、新しい生活をしているのだと信じていた。
　真緒ちゃんや白玖たちとの学校生活は、どこまでも平和で穏やかだと思っていたのに。その裏で、暴走族との関わりを、知らずに続けていたとは。
「これで、ゴーストはますます鉄壁になる」
　そう言った颯太さんが、大きくため息をつく。
　なんだか大変そうだとは思っても、暴走族の間での話なので、私の日常には関係ない。
　だけど私がいる限り、ゴールドがSILVER GHOSTに手が出せなくなる、というのはわからなくもない。
　転校までしたのに、結局は暴走族との関わりがなくなら

ないことに、うんざりしていると……。
「自分は指一本動かさず、トップに君臨してられるなんて、御影のやつ、笑いが止まらねえだろうな」
　颯太さんが軽く言った言葉に、胸がドキリと音を立てた。
「え？」
　今、なんて？　御影って……嘘でしょ？
「御影……白玖」
　無意識に小さくつぶやくと、嵐志と颯太さんが私を見るから。
「それが、SILVER GHOSTのトップ……？」
「そうだ。そいつが総長だ」
　そんなバカな話あるはずない……。
「知ってんのか？」
　嵐志に鋭く聞かれて、うなずく。
「同じ……学校だから」
　同じ学校もなにも……え、白玖が暴走族の総長？
　まったくピンとこないし、なにより信じられず、嵐志の方を見て聞く。
「嘘でしょ？」
「嘘じゃねえ」
「総長……なの？」
「そうだ」
「待って……でも、じゃあ、どうして私にはなにも言わないの？」
「考えがあるんだろ」

考えって……いったいどんな考えで白玖が私に黙っているのか、サッパリわからない。
「御影はそういう男だ」
　嵐志がそう言ったとき、車が停まった。
　そこは、どこかの駅だった。
「ここまでしか俺らは送れねえ」
　颯太さんがそう言って車を降り、私の方へと回ってドアを開けてくれる。
　ふいに嵐志が隣からスマホを差し出した。
「持ってろ」
「え？」
「なにかあったら連絡してこい」
　スマホなど今はどうでもいい。
「本当なの？」
「なにがだ」
「今の話……」
「姫」
　私の言葉を遮ったわりに黙り込む嵐志が、小さく息を吐き出した。
「行けよ、遅くなる」
　そう言って私の持っていたカバンのポケットにスマホを入れた男は、もう私を見ることはなかった。
　車を降りると、颯太さんがドアを閉めて歩きだす。助手席に向かうのかと思っていると、駅の方へと向かう。
「ここからの帰り、わかるか？」

「うん、調べるから……大丈夫」
「姫」
　静かに呼ばれ、颯太さんを見ると、困ったような笑みを見せた。
「本当に悪かった」
　謝られても困る。
「なにを言っても、姫にすれば言い訳にしか聞こえねえだろうけど、あのときCrush Diamondって族の代が替わるってときで、いろいろあってな」
　そんな話を今聞かされても、どうすることもできない。
「新しくクラダイの総長になるやつが、俺らを目の敵にしてたのは知ってたんだよ。そいつがタチの悪いやつだってのもわかってて……嵐志にすると、姫を巻き込みたくなかったんだよ」
「そう……」
「誰が見ても、もう付き合ってねえし、いらねえ女だってことにしねえと、なにするかわかんねえってのがあってな」
「じゃあ、大成功だったね」
「姫……」
「送ってくれてありがとう」
「嵐志は本気だ。姫に戻ってきてほしいと思ってる」
「もう帰るから」
「姫……」
「最後にもう一度聞かせて。さっきの話って、ホント？」
　やはり何度考えても、本当だと思えない。過去の話なん

かより、とにかくSILVER GHOSTのことが気になり聞くと、颯太さんがあきらめたようにうなずいた。
「本当だ。ゴーストは、『臨海公園』辺りにたまってるって聞いてる」
　それがどこかわかる私は、本当かどうか自分の目で確かめたくなっていた。
「姫っ！」
　駅に向かって走りだすと、後ろから颯太さんが叫ぶ声が聞こえ、仕方なく立ち止まり振り返る。
「御影には近づくな」
　近づかないなんてこと、できるはずない。だって家は近所で、席は隣なのに……。
「姫になにかあれば、嵐志は黙ってねえ」
　なにかって、いったいなにがあるの。
「御影が姫を脅しの材料にしたりすると、マジで困るからな」
　そんな話は聞きたくなかった。
　すべての話が真実なら、白玖にとって私は、都合のいい駒になれる存在だということ。SILVER GHOST――通称、ゴーストがDEEP GOLDと敵対関係にある以上、私の存在はゴーストにとってとても有利なものとなる。
　でも、白玖たちがそのことに気づいているかどうかはあやしい。だって今の私は松井姫乃で、高遠姫乃ではないのだから。
　ただ、高遠の名字は知らなくても、最近になって松井に

変わったことは白玖も知っている。DEEP GOLDの姫と、松井姫乃が同一人物だとわかっているのかどうか……。

違う、そうじゃない。気づいているとかいないとかよりも、白玖がゴーストの総長だったことが、私にはショックだった。

白玖だけじゃない。大牙も壱も、暴走族だってことになる。

そういうのはもういいと思っていたのに……。

臨海公園へ向かう電車の中、嵐志や颯太さんの話がウソであることを願っていた。

白玖は、暴走族とは関係のない、少し不良だけど普通の男であってほしいと思っていたから。

いまだ制服なのも忘れ、駅に降り立った私は、公園を目指して歩きだした。

ウソであってほしい、ただそれだけの願いを胸に歩く。

臨海公園は、公園と名前は付いているけど、実際は公園などではない。コンクリートの人工的な広場の周りには、港へ着くコンテナを扱う会社がいくつも軒を連ねている。"大きな倉庫街"といった感じのそこは、圧倒的な広さと巨大さで私を驚かせた。

バイクの音が海風に乗って聞こえてくると、いよいよ沈んだ気分になる。だからといって、ここまで来ておいて、なにも確かめないまま帰るわけにもいかない。

何十台ものバイクの集団が、広場の明るい街灯の下に見えた。

白玖の部屋で見た、壁に張りついていたタペストリーがバイクの後ろではためいている。
　そうか、あれはSILVER GHOSTの族旗だったのか。
　暴走車独特の爆音、男たちの笑い声、"ギャラリー"と呼ばれる女たち。そして、その中心にいる男の髪色は、誰よりも目立ち……。
　車のボンネットに腰をかけ、大牙と話している白玖は、驚くほどそこに溶け込んでいた。ゾッとするほどキレイな顔が、街灯の下で影を作る。
　そばにいた髪の長い女が白玖の肩をたたき、なにかを耳元に話しかける。
　それに応える白玖が笑顔を見せるのを、私はその場で見つめるしかできず。
　なんだか知らない男だと思った。
　そこにいる白玖は、私の知っている白玖じゃない気がした。私と一緒に学校へ行き、ちょっとだけ紳士的で、焼うどんを作るのがうまい男とはかけ離れているように見えた。
　大事にするって言ったのに。思ったことは口にしなきゃ、気が済まないんじゃなかったの？
　それなのに、暴走族の総長だということを私には教えなかった。
　一番重要なことじゃないの？　それを教えてもくれなかったのに、大事にするなんてことできるわけない。
　何人かの男がこちらに視線を向けるから、これ以上はい

られないと思い、駅へと引き返した。
　ウソではなかった。SILVER GHOSTは間違いなくここにあった。そしてその中には、白玖も大牙も壱もいる。暴走族だなんて、思いもしていなかったのに……。
　だから、いつも寝ているのかと思った。夜はこうして集まるのだから、昼に眠いのはある意味、当然だった。
　歩いている人間などいない夜の道を、急ぎ足で駅へと向かう。
　コンクリートの歩道を歩いていると、よくわからない涙が込み上げてくる。
　いったいなにに泣いているのか、自分でもよくわからない。
　白玖が暴走族の総長だったことが嫌なのか、教えてくれなかったことが悲しいのか、また同じことが起こる気がして怖いのか。それとも……。
　白玖を信じかけていたのに、これで信じられなくなることが寂しいのか。
　どれかはわからないけれど、心に広がるモヤのような漠然とした不安が涙に変わる。
　駅のホームで待ち合いイスに座り、ぼんやりと電車を待っていると、慌てた様子でホームへと降りてきた3人組の女子がこちらへと走ってきた。
「間に合ったぁ。門限ヤバいよ」
「ちょっと、さっきの話ホントなの？」
「知らないの？　この話、有名だよ」

周りを気にすることのない女子たちの話し声は、夜の静かなホームに無駄に響く。
　派手に見せてはいるけど、年齢は私と同じくらいか、もしかしたら下なんじゃないかと思う女子たちが、私が座るイスと背中合わせになっている後ろのイスに座る。
「あ、そうそう。有名っていえばさ。あの人、どうなったんだろうね」
　迷惑などお構いなしで大きな声を出されると、嫌でも話が聞こえてくる。
「あの人って？」
「DEEP GOLDの姫って人だよ」
　まさかの話題に、ビクリと身体が固まった。
　自分のウワサ話をすぐそばで聞くなんて、ありえないとは思っても、不自然にこの場を離れるわけにもいかない。
「どうって？」
「結局は、利用価値がなかったってこと？」
「そうみたいだよ。白玖さんが、使えるかもってことで調べてみたら、とっくに別れてて、使えないじゃんってなったらしいよ。別れてなければカモネギだったのにね」
「なにカモネギって？」
「カモがネギをしょってくるってやつ。まあ、ラッキーって感じのこと」
「付き合ってたのってDEEP GOLDの総長だよね」
「うん。でも別れてるなら、意味ないしね」
「やっぱ、ないの？」

「ないない。だって、捨てられたって誰かが言ってたし。捨てたような女をネタになにかしようとしても、勝手にどうぞってなるだけで、無駄だって」
「どうでもいいもんね」
「まあ、そうか。なんか、姫って人がちょっとかわいそうになってきた」
「知らない人なのに、かわいそうとかやめてあげてぇ」
　キャハハと笑う声を聞いても、私は固まったまま動けない。
「そうかぁ、そのネタ使えたら、DEEP GOLDを潰すチャンスだったんじゃないの」
「そう、だから白玖さんも残念がってたって」
「でもさ、白玖さんのそういうとこ、ちょっと怖いときあるよね。使えるものはなんでも、ってとこあるよね」
「まあねぇ、でも超かっこいいし。私は好きだよっ」
「はいはい。あんた、ホントそればっかだし」
「てかさ、その姫って人、今どうなってんの？」
「知らない。どうせ使えないみたいだし、どうもなってないんじゃないの」
「あ、電車来たよ」
　なにがおかしいのか、ケラケラと笑い合う女子たちが車両に乗り込む。
　私はひとつ空けた隣の車両に乗り込み、窓に流れる夜の街を見つめていた。
　人は、本当にショックなことがあると涙も出ないらしい。

ただ心が冷えていくのを、私は静かに感じていた。

　　　私がどこの誰で、過去になにがあったのか、SILVER GHOSTの総長は知っている。いや、知っているというより、ずっと前から知っていた。
　　　そして、一度は利用しようとして、価値がないことに気づきあきらめた。さらに今は、なにも知らないという顔で、私を大事にするなんてことを平気で言う。
　　　いったいなにがしたいのか、サッパリわからない。
　　　それとも、他になんらかの思惑でもあるのだろうか。
　　　周囲の立地的要素をうまく使い、見えない要塞を築き上げ、自分は指一本動かすことなく族を守るような男に、なんの考えもないとは思えない。
　　　そもそも、ゴールドと敵対関係にある暴走族の総長が、なにが悲しくて、敵の総長の元カノを大事にしなければいけないのか。それも捨てられたような女を。

　　　週明けの月曜日、私はいつもより15分も早く家を出た。
　　　あと３日もすれば夏休みに入る。
　　　本当は休んでもよかったけど、真緒ちゃんにどうしても会いたかったから。
　　　連絡先を知らないので、会うためには学校へ行くしかない。
　　　いつもはギリギリなことが多いのに、15分も早く家を出ると、ずいぶんな余裕があった。

人間、本当にそうしたいと思うことは、やればできるんだ、なんてことを思いながら教室へ入ると、真緒ちゃんはすでに自分の席に座っていた。
「姫乃ちゃん、早いね」
「うん、ちょっと今日は早起きして」
　どうしても会いたくない男がいるからがんばったとは言えずに、ごまかす。
「そうなんだ。ね、あの日大丈夫だった？」
　私がどうしても真緒ちゃんに会いたかった理由が話題に出るから、教室の端に真緒ちゃんを連れていく。
「うん、大丈夫だよ」
　私が心配ないというように笑うと、真緒ちゃんは少し戸惑った表情を見せた。
「あのさ、あのとき私すっごく怖くて、あまり意識してなかったんだけど……」
　確かに不安そうだった真緒ちゃんは、とても怖がっていた。
「後から考えたら、あの人……姫乃ちゃんの元彼ね」
「……うん」
「姫乃ちゃんに、戻ってきてほしいってこと言ってたよね」
　そう言われて、やっぱり聞こえてたんだと思う。
「今でも好きって、言ってたもんね」
「そうだね……」
「私、それ電車の中で気づいてさ」
「うん……」

「私はまったく関係ないのに、なんだか照れたみたいになって、顔赤くなってくるしで、ホント困ったんだから」
　なんてことを笑いながら言われても、今はそのことが深刻な話になってきているので笑うに笑えず。
「あのね、真緒ちゃん」
「うん？」
「あの日の話、誰にも言わないでくれる？」
「誰にもって？」
「大牙とか壱とか……白玖にもね」
　状況的に考えると、嵐志と会ったことを白玖たちが知るのはマズイと思うから。
「ああ、うん。わかった」
　アッサリとそう言った真緒ちゃんが、悪戯（いたずら）っぽく笑う。
「わかるよ。御影くんが知るときっとショックだろうしね」
「違うよ、そうじゃなくて……」
「言わない。絶対言わないし、大丈夫」
「うん、ありがと」
「でも、姫乃ちゃんどうするの？」
　どうするって？
　なんのことを聞かれているのかわからず、首をかしげていると……。
「あの人とまた付き合うの？」
　嵐志とやり直すのかどうかを聞かれているのだとわかった。
「ううん。付き合わないよ」

「そう……でもあの人、真剣だったよね。怖かったけど、姫乃ちゃんのことが好きなのは私でもわかった」
「どうかな。前にすっごくひどく振られてるし、ちょっと信じられないってのがあるから」

颯太さんが言っていた"事情"というのも、いまいちよくわかってないし。そもそも、事情がどうであれ、あのときのツラさが消えるわけでもないから。

そう思っていると、真緒ちゃんがふいに私の腕をつかんだ。視線を向けると、ハッとしたように手を放す。
「あ、ごめん……私、なにも言ってあげられなくて」
「え?」
「私に恋愛経験とかあればいいんだろうけど、なにもなくて。だから姫乃ちゃんがそういう顔しても、なにを言えばいいかわかんなくて……ごめんね」
「私、変な顔してる?」

心配してくれる真緒ちゃんに、大丈夫だからって意味で笑う。
「変じゃないけど、でも、転校してきたときに戻ったみたいに見えたから……」
「転校してきたとき?」
「うん。姫乃ちゃん、最初はホントに人を寄せつけない顔してた。なんていうか……静かで冷めた顔してたよ」

確かにそうかもしれない。あのときは、本当になにも信じられなかったから。

だけど、うるさい大牙に構われ、壱とも話すようになり、

真緒ちゃんという話し相手ができて、白玖と笑い合ったりしているうちに私は変わった。

　平和な日々が穏やかで楽しいとか、少しは信じられるんじゃないかとか、そんなふうに思えるようになってきていた。

　それなのに、そうではないと思い知らされた。
「お？　あれ、おはよ。姫乃、早くね？」

　大牙が教室へと入ってきて、自分の席にカバンを置きながら首をかしげる。
「ちょっと早起きして」
「ふーん。白玖は？」
「知らない」
「なんだよぉ、冷めてえ言い方すんな」

　私を利用しようとしていた男たちに、愛想よくしなければいけない義理はない。だからといってあからさまに無視することも、今の私の立場を考えるとできない。

　利用価値は確かになかった。だけど、『戻ってこい』と言った嵐志が本気だとしたら、今度こそ価値が出てくるんじゃないかと思うから。

　私をネタにゴールドを揺さぶれると知ったら、ゴーストがそれを利用することは充分考えられる。

　だからこそ、真緒ちゃんに口止めしておかなければと思ったんだし。

　ここは、私の知らないSILVER GHOSTの中。自分の身は自分で守らなければ、誰も助けてはくれない。

軽く話しかけてくる大牙も、いつもと変わらず視線だけで朝の挨拶をする壱も、私にすべてを見せているわけじゃない。本当の姿は隠したまま。
　私が知ったことをまだ知らない白玖が来たとき、いったいどんな顔をしてやり過ごせばいいのだろう。
　自分の席に着いた私は、そんなことばかりを考えていた。

第5章
揺動

『もう、どうなってんの? この前の駅前での話ってどういうこと』
『それって、嵐志さんが暴走の途中に姫に会いに行ったってやつでしょ』
『え、別れたんじゃなかったの?』
『それが、実は事情があったらしいよ。で、ヨリ戻したいって』
『はあ? なにそれ』
『やっぱ、好きなんだってさ。あーあ、ガッカリするよね』
『それよりさ、姫って今どこにいるの?』
『それがねぇ、ウワサではSILVER GHOSTにいるらしいよ』
『なにそれ。え、じゃあ今度はゴーストの姫になったの?』
『なるわけないじゃん。そんなことになったら、また抗争始まるよ』
『次はゴールド対ゴーストかぁ……え、なんか似てない?』

* * *

　正直なことを言えば、私は"その存在"自体をスッカリ忘れていた。
　白玖が登校してきたらどう対応するべきか、そればかりを考えながらそのときに備えていたのに、2時間目の授業が始まっても白玖は来なかった。
　会いたくないので、本当はホッとするところだろうけど、

時間が経てば経つほど状況が悪くなっているのを感じる。私が先に来ていることを知らないだろう男は、この前のようにロビーで待っているんじゃないか、と。

普通に考えれば、1時間も2時間も来ない人間を待つわけがない。だけど白玖の場合、ロビーのソファで寝ているという可能性もあるわけで……。

それに、1時間くらいの遅刻なら、たいして気にしない大牙や壱も、これ以上遅れるとさすがに気にし始めるだろう。

気づいたら2時間も3時間も待たされていて、その上待っていた相手がなにも言わずに先に行っていたなんてことを知れば、誰だっていい気はしない。

当然、白玖は私にどういうことなのかを聞いてくるだろうし、そうなった場合、どう言い訳すればいいのかわからない。

自分でしたことだけど、これって逆に自分の首をしめているんじゃないかと思えてくる。

さすがにマズかったかもと思い始めたとき、静かな教室内にケータイの着信音が響いた。

黒板に公式を書き込んでいた先生の手が止まり、生徒の方を振り返る。『授業中だぞ』という顔で教室を見渡す。

生徒たちも同じように、それぞれ周りを見ている。ポケットから自分のスマホを出して確認する人や、周りに首を振り『自分じゃない』という顔を見せる人。

初期設定のままの着信音は、意外と多い。

「おい、誰だ？」
　先生がそう言ったとき、後ろの方の誰かが小さく声を出した。
「松井さん……じゃない？」
　なんのぬれ衣なのかと思うのは、私のスマホはポケットに入っていて、音など出していないから。
　鳴り続けていた着信音がやむと、その子が「ロッカーで鳴ったと思うんだけど」と周りを見て言った。
　後ろの壁にあるロッカーには、生徒たちそれぞれのカバンが入っている。
　ハッと気づいた私が自分のロッカーを振り返ると、再び着信音が鳴った。
　あのとき嵐志に渡されたスマホの存在をスッカリ忘れていた。
　慌てて立ち上がると、前から大牙のあきれた声が聞こえてくる。
「おいおい、それはねえぞ、姫乃。音、切り忘れんなよなぁ」
　切り忘れたんじゃない。あの日のあまりのショックに、存在自体を忘れていただけ。
　自分のロッカーからカバンを出すと、サイドポケットに入ったスマホが音とともに画面を明るくさせていた。見ると、画面には数字が並んでいるだけで、誰からかかってきているのかわからない。
　ちょっと待って、今さらだけどこれって誰の電話なわけ？　嵐志はどういうつもりで渡したわけ？

とりあえず音を切ってサイレントモードにすると、教室内は静かになった。
「気をつけろよ」
　先生がそう言って黒板に身体を戻すと、こちらを振り返ったままの大牙が口を開いた。
「白玖じゃねえのか？」
「え？」
「出ろよ。白玖なら、早く来いって言えよ」
　そんなわけないのに、着信のあったスマホが私の物だと思っている大牙にすれば、そう思うのも仕方ない。
「白玖じゃないから」
「ホントか？」
「白玖の番号知らないし」
「じゃあ誰だよ」
「知らない」
「なに言ってんだよ。電話かかってきてんのに、知らねえわけねえだろ」
　普通はそうだろうけど、本当に知らないから。
「番号だけで誰かわかんないし」
　私がそう言うと、大牙が首をかしげる。
「だったら、やっぱ白玖かもだろ。姫乃は登録してねえけど、ってことなんじゃねえのか？」
　いや、そうじゃないし。白玖に電話番号を教えた覚えもないし、そもそも私の電話じゃないから。
　大牙を無視して、いまだ着信の表示を画面に映すスマホ

をカバンに戻すと……。
「出ていい。その代わり、御影なら、早く来るように言えよ」
　黒板を向いたままの先生まで、そんなことを言いだした。
「早く出ろ。つーか、この時間に電話とか、急用なんじゃねえの」
　確かに、よほどの急用でもない限り、授業中であるはずのこの時間帯にかかってくるはずがない。だからこそ、教室内の多くの生徒が自分じゃないという顔をしていたわけで……。
　なにより、しつこいほどに着信の点滅ライトをポケットで発しているスマホなので、それはそれで無視もしにくい。
　さすがに嵐志が、授業中のこの時間に電話してくるはずはない。嵐志からなら、昨日でもおとといでもいいはずだった。
　誰が誰宛に電話しているのかはわからないけれど、とにかく今は私がケータイを持っていて、持ち主ではないことを教えてあげるべきだとも思うから。
　一度は戻したカバンのポケットからスマホを取り出し、廊下へと出る。教室のドアを閉めて、電話に出るためスマホを操作し耳に当てると……。
『おいっ！　すぐ出ろよ。無視する気だったのかよ！』
　いきなり聞こえてきた怒鳴り声に、思わずスマホを耳から放した。
　だけど、そうしたところで、大きな声は嫌でも聞こえてくる。

『聞いてんのかっ、兄貴！』
　そのフレーズに、相手の声が誰のものかを私は思い出した。
『起こしてくれって言ってただろ！　今日は、絶対行かなきゃなんねえって、俺、言ったよな？　な、な、言ったよな？　どうすんだよっ、天音が別れるとか言いだしたら、兄貴のせいだからなっ！』
　相変わらず元気だなとか、相変わらず天音ちゃんに必死なんだとか、相変わらずお兄ちゃんの嵐志に頼りすぎだとか、いろいろ思うことはあっても、今、そんなことはどうでもよかった。
『マジでヤベえんだよっ！　もう後がねえって言っただろっ。この前浮気がバレて、今回はマジで天音がキレてっから、ヘタできねえんだよっ！』
　相変わらず浮気もしているらしい。
『最近あいつ、なにをどーあきらめてんのか、怒ることもしねえんだよっ！　あれ、マジで怖えーんだよっ！　死んでも俺は認めねえけど、万が一、天音と別れることになったら──』
「波留くん」
　一方的な会話を遮り、なんとか言葉を挟む。
『どーしてくれんだよっ……は？　なに……お前、誰？』
　まあ、そうなるだろうと思った。でも私のほうは、相手が誰なのかわかったので、話が早い。
「ごめん、波留くん。実はこの電話、今は嵐志が持ってな

くて……」
『は？ じゃあ兄貴は？ つーか、代わってくれよ』
「ここにいないし、代われないの」
『え……もしかして、姫？』
　波留くんが私の声に気づいたらしい。
「うん」
『えええ、え？ なんで姫？ は？ でも、これ兄貴の電話だろ？ え、え、どういうこと？』
　混乱するのもわからなくもない。
「嵐志のだけど、今、私が持ってて。だから、悪いけど、嵐志はここにいないし……」
『は？ もしかして、ヨリ戻したとか？ ええ、そうなのか！ おいおい、いつから？ 俺聞いてねえぞ』
「そうじゃないんだけど……とにかく今授業中だから──」
　話を先に進めようとすると、波留くんがなんだかおもしろくなっている、というような声を出した。
『へー、そうなんだ。つーか、なんだよ姫。授業中とか、なにマジメなこと言ってんだよ。前は族の兄貴とヤリまくってたくせによ』
　最後の言葉は聞かなかったことにして、とりあえずこの電話の状況を確認する。
「ねえ、波留くん、これ嵐志の電話なんだよね」
『そうだぞ』
「でも、波留くん登録されてないよ？」
　なにより嵐志の電話だとしたら、今の今まで誰からもか

かってこないというのは考えにくい。
『ああ、兄貴の電話だけど、それ知ってんの身内くれえだし、面倒で登録してねえんじゃねえの』

そういうことかと理解できたので、相変わらずテンションの高い、今年から高校生になったはずの波留くんをなだめて、電話を切った。

とりあえず、この電話にかけても嵐志につながらないと波留くんに伝わっただけでもよかったと思い、教室内へと戻る。

「白玖、来るって？」

前の席からそんなことを聞いてくる大牙は、完全に白玖だと思い込んでいる。

「……違った」

「はあ？　じゃあ、誰だよ」

振り返ってまで聞いてくるから。

「……間違い電話」

「なんだそれ」

「もういい。満島、前向け」

そう言って、先生が話を切り上げてくれる。

ホッとしながら自分の席に戻った私は、存在を思い出したスマホを机より下の位置に持ち、改めて中を見た。

なにかあれば電話してこいと言われたけど、これが嵐志の物だとすると、どうやって嵐志に連絡をとればいいのかわからない。身内しか知らない電話らしいのに、弟の番号さえも登録されていないなんて。

パスコードすら設定されていないスマホは、アッサリと開いた。必要最低限のアプリしか入っていない画面は、初期設定のまま。
　どちらにしても、この電話を私がこのまま持っていていいわけない。いちおう確認のため、電話機能を開き調べると、2件の登録があった。
　1件は【颯太】と書かれていて、颯太さんの番号らしい。そして、もう1件は【俺】となっていた。
　俺って……。きっと入力するときに、あまり深く考えなかったんじゃないかと思った。
　まあ、嵐志らしいといえば嵐志らしいけど……。
　そんなことを考えていると、ふと視線を感じ、無意識に顔を上げる。斜め前に座っている壱と目が合った。
　一瞬、妙に後ろめたい気分になったのは、今この場所で嵐志とつながるスマホを自分が持っているからだと思う。
　壱が気づいているはずはないのに、なぜか焦った気分になった私はスマホを急いで机の中へ放り込んだ。
　そんな私の行動を見ていた壱が、黙ったまま視線を前に戻す。
　壱のその動きは、なにもわかっていなかった頃には感じなかった違和感を私に与えた。
　やっぱり、わざと私には黙っていたのだと確信した。
　仲良くしておきながら、自分たちがSILVER GHOSTだということは黙っている。その黙っている理由に、なにか大きな意味があるのだ、と。

その日、私は学校を早退した。
　頭が痛いと言い訳し、３時間目の終わりに帰った。
　２時間目の終わりだと、確実にあやしまれる気がしたから。
　もしもまだ、白玖がいたらと思うと真っ直ぐ家に帰る気にはなれず、カフェで時間を潰してから夕方にマンションへ戻ると、さすがに白玖はいなかった。

　夏休みまで、あと２日。
　私はその２日間、学校を休んでまで白玖を避けた。
　そうなればなったで、もう今さらどんな顔で白玖に会えばいいのかわからなくなっていた。
　一番困るのは、マンションでバッタリ会うこと。それも避けるため、夏休みに入ってからも、しばらくは出かけることをしなかった。
　どうせ遊ぶ友達がいるわけでもなく、真緒ちゃんも連絡先を知らないしで、ある意味普通にしていたら、結果的にそうなっていただけなんだけど……。
　とはいっても、コンビニくらいは行くこともあり、そのときは、エレベーターではなく階段を使うなどして白玖と会わないよう気をつけた。
　ただ、手元にある嵐志のスマホを、このままにしているわけにはいかない。
　仕方なく登録されてる番号にかけると、待っていたかのように２コールで相手が応えた。

『姫、どうした？』
　嵐志のスマホからかけているのに、私からだとわかる颯太さんが、第一声から『どうした』と聞いてくる。
「颯太さん……」
『なにかあったか？』
　颯太さんが心配そうな声を出す。
「ううん、なにもないけど。これ……返したいの」
『これって？』
「電話、嵐志のなんでしょ？　私が持ってても……」
『ああ、それか。持っていい』
　アッサリ言われても、さすがに返したいので断る。
「いらない。だから返す」
　意思は変わらないというように少し強く言うと、電話越しに颯太さんがため息をついたのが聞こえた。
『姫。それは、持っていい。連絡がつくと思ってるだけで、嵐志は安心できるんだよ』
　颯太さんはゴールドの中では、嵐志の次に位置する人。いつも嵐志のそばにいて、誰よりも嵐志をわかっている人でもあるけれど、同時になによりも総長の嵐志を優先する人だった。
「そういうのが嫌なんだけど……」
　小さくつぶやいても、颯太さんはなにも言わない。
「もう、そういうのホントにいらない」
『姫……』
「ゴールドのためだとか、嵐志のためだとか。いつも、私

の気持ちは無視だよね」

　颯太さんや、周りのみんなも、確かに優しくしてくれた。嵐志の彼女でいる間は、大切にしてくれたとも思う。

　なにかあればゴールドを使い、嵐志と同じだけの力で、同じくらいの熱を持って守ってくれた。

　だけどそれは、あくまでも、今手が離せない嵐志の代わりにしているだけのこと。颯太さんの意思で……だとか、周りのみんなの想いで……ってことではなかった。

　嵐志が私を守るためにどうしようと、みんなは関係なかったよね？　例え嵐志と別れることが私のためだったとしても、周りのみんなまで知らん顔する理由はなかったんじゃないの？

　それなのに、手のひら返して無視しておいて、今になって悪かったとか意味がわからない。

「とにかく、これは返す。私、ホントにいらないし」

　嵐志が安心できるとか、私の知ったことじゃないから。

「どうすればいい？　送ればいい？」

『姫、待ってくれ』

「送るから、住所教えて。教えてくれないなら、どこかに持っていってもいいし」

　それくらい私には必要ない物だから。

『姫』

「なに？」

『どうして俺にかけてきた？』

　どうしてなのか自分でもわからない。

『嵐志の番号も入ってるだろ？』

　確かに入っている。

『なのに、どうして俺にしてきた？』

　けっして責めているふうでもなく、優しく聞かれて、どうしてかを考える。

　嵐志ではなく、なぜ颯太さんのほうに電話をしたのか、自分でもよくわからなかった。

『嵐志とは話したくないんだな』

　話したくないと言われれば、そのとおりで間違いはないけど……。

　颯太さんのこういうところは、相変わらずだと思った。

　どこか相手を見透かしたようなところがあり、なにげない言葉にいつもドキリとさせられていたのを思い出す。

『嵐志は姫と話したがってるぞ？』

「そんなの、知らない」

『あいつ、後悔してる。まさか姫がいなくなるとは思ってなかったしな』

　そんな話をされても、「だからなに？」としか言えない。だって、一方的に捨てておいて、今さら後悔してるなんて聞かされても、勝手だとしか思えないから。

『自分では言えなかったんだよ』

「自分では？」

　私がそう聞くと、颯太さんは困ったような声を出した。

『別れねえと姫が危ないってのがわかってても、嵐志はそれを自分では言えなかったんだよ。あいつは姫にウソを言

いたくなかったんだと思う。別れたいなんて本心じゃなかったからな』
　あのクリスマスの日、人づてに聞いた別れの言葉には、そういう理由があったのだと初めて知る。
『戻ってきてやれよ』
「もういいよ……」
『姫も好きだっただろ？』
　好きだったよ。たくさんの時間を嵐志と過ごし、その間に募った想いはけっしてウソではなかった。
『嵐志と話したくねえのは、話せば、戻らねえって気持ちが揺れるからじゃねえのか？』
「違うし……」
『そうか？』
「そうだよ、そんなわけ……」
『だったら、嵐志に直接返せよ。揺れねえなら、会っても話しても問題ないだろ？』
　問題ない……のだろうか。確かに、あれほど傷ついたんだから、今さら嵐志がなにを言おうと、戻るなんてことありえない。
　ただ、今この瞬間はそう思っていても、嵐志を目の前にして、絶対に揺れない自信があるとは言い切れないと思った。元彼という存在はやっかいなのだと、こうなって初めて知る。
　例えば、『ここが嫌』『あそこが嫌い』『なんか違う』などと思い、付き合いの中で気持ちが冷めていって別れる場

合は、戻ることなどありえない。もう好きではなくなったのだから。

だけど、相手からの一方的な別れは、こちらが予期していない瞬間に訪れる。

別れの言葉を聞くその瞬間まで、好きという気持ちが自分の中にある別れは、お互いが冷めていく別れとは少し事情が違う。

一定だったりピークだったりはそれぞれだろうけど、好きという想いが、ある日突然断ち切られるのは心が消化不良を起こす。

嵐志と付き合っていた間のことを思い出すとき、その中に、私の気持ちが冷めた瞬間はどこにもない。

冷めた瞬間がないということは、もし再び始めようとしたとき、もう一度時間をかけて好きになる必要などないのだから。

傷ついたから戻りたくないってのは、嵐志に冷めたからもういらないというのとは意味が違うと思った。

ここに居場所はないのだと気づいた今の私が、嵐志に揺れないと言い切れるのだろうか。

『嵐志に伝えるよ。今日の夜、この前の駅に、姫がそれ持ってくるってな』

「え、ちょっと待って……」

『そっちに行けねえ事情は話しただろ？ だから、返してえなら持ってきてくれ』

「今日？」

『そうだ。待ってる』
「颯太さん、え、ちょっと待って、切らない――」
　私の訴えは、通話を遮断(しゃだん)する音に遮られた。
　強引なところも相変わらずだと思った。
　基本的に嵐志の周りは、みんなこんな感じだったのを思い出す。
　絶対的な力を持っているDEEP GOLDのメンバーは、相手に気を使うだとか、遠慮するなんてこと、する必要がないから。
　すぐにかけ直しても、ゴールドの副総長である颯太さんは、電話に出てくれることはなかった。
　颯太さんがダメならと、何度か嵐志にかけようとしてやめる。
　どうせ、嵐志に言っても『返さなくていい』と言われるだけで、話になるとは思えないから。
　電源を切って放っておけばいいかとも考えたけど、さすがにそれはできないと思った。契約しているだけで料金のかかるものを、そんなふうに扱うことには抵抗がある。
　夜ってのが何時なのかは言われていないけれど、相手がゴールドの総長なのでその辺は気にしても仕方ない。きっと颯太さんの指示で、すでに誰かが駅に向かっているだろう。
　駅で待っているメンバーが私を拾い、嵐志の元まで連れていけばいいだけの話。
　今のところ、揺れない自信はあると思う。どれだけ嵐志

に対して冷めた記憶がなくても、過去に傷つけられたことには違いないんだから。
　なにより、この状況で嵐志の元に戻るなんて、ゴールドとSILVER GHOSTとの関係を複雑にするだけで、いいことなどなにもない。
　ただ、今はこうして家にいればやり過ごせることも、再び学校が始まればそうはいかなくなる。3年間クラス替えのない学校は、席替えすらない。
　そもそも、隣の隣に住んでいる以上、引っ越しでもしない限り白玖とは永遠に離れることはできない。
　白玖たちにだまされていたという思いは、顔を合わせるたびにきっと付きまとう。
　もう白玖を信じられない。だからといって、嵐志に会いたいと思っているわけじゃないんだけど……。
　散々悩んだ末に行くことを決心したとき、すでに時間は9時を過ぎていた。
　親には、前の友達と会ってくるからと言って、家を出た。
　松井さんは心配したけど、慣れている母親はそうでもなく、『よほど遅くなるなら連絡して』と、心配する松井さんのためだろう約束をさせられた。
　風のない夏真っ盛りの夜は、妙に蒸し暑い。
　駅までの道を歩きながら、私はまだどこか迷っていた。
　正直、やめておいたほうがいい気もする。
　嵐志に会って、あの目を見て、私はそれでも嫌と言えるのだろうか。

今はまだ、嵐志が私を捨てたことに対する悲しさや怒りの感情がある。だけど会うことにより、そうなった理由を詳しく聞かされ、当時の嵐志の想いを言葉にされると、気持ちの上で許すことになるんじゃないかとも思う。
　悲しさや怒りがなくなったときに残る嵐志への思いは、断ち切られた手前まで遡(さかのぼ)ってしまうのかもしれない。
　戻りたいわけじゃないのは間違いないけれど、『戻ってこい』と強く言われて拒否できるのかとなると、自分でもよくわからない。
　だからといって、このまま私がスマホを持っているわけにもいかず……。
　言いようのない気の重さを感じながら、駅の近くの公園前を歩いていると、１台の車が後ろから走ってきて私の横にピタリと付いた。
　夜の公園は気味が悪いほど静かで、人の姿がない。
　そんな中、明らかに私の隣を狙って停まった車に、完全に警戒した私は思わず足を止めた。不安になり、その車の方を見ると、後部座席のドアが勢いよく開いた。
「え……」
「お前、ふざけんなよ」
　どこまでも不機嫌な声を出し、車を降りてきた白玖が、開いたドアを力任せにバタンと閉めた。
　その音が静かすぎる辺りに大きく響くのもお構いなしで、白玖がガードレールをまたぎ歩道へと入ってくる。
「どこ行く気だ」

ちょっと待って。どうしてこんなところにいるの？
　まさか今この状況で白玖に会うとは思いもしていなかったので、どんな顔をすればいいのかわからなかった。
　夏休み前、白玖を無視して先に登校したあの日の言い訳だとか、学校を休んでまで顔を合わせたくなかった気まずさも、一瞬で吹き飛ばされて、とにかく驚いた顔しかできずにいると……。
「帰れ」
　信じられないほど不機嫌な顔を見せる白玖がそう言った。
　帰れって……どうして？
「ちょっと、いったいなに」
　いまいち状況が理解できない中、白玖が降りてきた車の方を見ると、見知らぬ男が運転席に座っていた。
　そして、道路を挟んだ道の向こうから、これも見知らぬ男が小走りで駆け寄ってきて、白玖が降りたドアの反対側を開ける。
「どうする、後で迎えに来るか？」
「先で、待ってろ」
「了解」
　軽く言ってうなずいた男が、開けたドアから車に乗り込むと、待っていたように車が動きだす。
　少し先に行ったところで、ハザードを点けて車が停まる。
　そんな流れは、私の知る限り、ひとつしか思い当たらない。

「え……もしかして、見張りを付けてたの?」
　これって、そういうことだよね。走ってきて車に乗った男が、マンションからずっと私を付けていたんじゃないの?
　私が家を出たので、白玖に連絡が行き、そして白玖が来る間も、ずっと私を付けて見張っていたってことなんじゃないの?
　信じられないと思い、白玖の方を見ると、その顔は不機嫌ながらも笑っていて。
「さすがだな、よくわかるじゃねえか」
　その言い方は、ありえないほど嫌味っぽかった。
「族に慣れてるだけあるな」
　唇（くちびる）には笑みを浮かべているけれど、キレイで涼しげな目元には怒りをたたえている。
「そうだ、見張ってたんだよ」
　それがなんだというように言われる。
「どこ行くつもりだ」
「どこって、勝手でしょ」
「勝手は許さねえ」
「なにそれ……」
　見張りを付けて、その上、勝手を許さないなんて。
「信じらんないっ!」
「お前もな」
「私がなにを——」
「避けやがって。ふざけんなよ」

「ふざけんなって……」
「そう簡単に俺を避けきれると思うな。誰だと思ってんだ」
　公園横の歩道で向かい合う白玖は、もはや取り繕うつもりもないらしい。
「避けてなんか……」
「避けてねえ？　ウソつくな」
「なによ！　ウソついてたのはそっちじゃないっ!!　大体、あの車はなんなのっ？」
　相手がその気なら、こちらも嫌でもそうなるしかない。
「車は今関係ねえだろ」
「じゃあ、SILVER GHOSTってなに？」
「なにって、言われてもな」
　どうでもよさそうに笑って言う白玖は、私に悪いなんて思ってもいないらしい。
「あれは、そのSILVER GHOSTの総長を乗せるための車なんじゃないの？」
「お前、ムカつくほど、その辺のことよくわかってんだな」
「そんな族があるとか、私聞いてなかったけどねっ！」
「言ってねえしな」
　アッサリと言われて、信じられないほどの怒りが胸に渦巻く。
「なんなのっ。どういうことよ！」
「家に帰れって話だ」
「帰らせて、私を見張ってなにする気？」
「ここから出さねえ気だ」

「え……」
　あまりの衝撃にア然とする。だけど、なんとなく話が見えてきていた。
　いつからかはわからないけれど、見張りはずっと付いていたんだと思った。
　だけど、近所のコンビニくらいでは白玖たちは動くことはなく。ただ、今日は駅へと向かっていたから、こうして出てきた。私をここから出さないために。
「俺の許可なくここを出るとか、許されると思うなよ」
「俺の許可って……」
　ウソでしょ？　つまり私はSILVER GHOSTに、気づかないうちに監禁されてたってこと？
　思っているより事態は深刻なんじゃないかと不安になる。
　"監禁"という言葉が正しいかどうかわからないけど、見えない要塞の中から出られないのだとしたら、それも間違っていないんじゃないかと思える。
　それって、やっぱり私を利用するためなんじゃないの？
　あのとき、壱が嵐志のスマホを持つ私になにか気づいたのだとしたら。もし真緒ちゃんが、私が休んでいる間に白玖たちに聞かれ、嵐志と会ったことを言っていたとしたら。
　ただひとつ確実なことは、もはや隠す気のないこの男が、SILVER GHOSTの総長として、私の見張りを指示していたということ。
　信じられなかった。

最初からずっと、白玖たちは私をだましていた。そして今も、こうして監視され続けている。
　どうしていつもこんなことになるの？　私がなにをしたっていうの？　暴走族の事情に巻き込まれるのは、もうたくさんなのに。
　姫じゃなくなり、姫乃も失うとしたら、私の居場所はどこにもなくなる。居場所もないのに、ここから逃げることもできず、この先ずっと見張られて過ごすなんて……。
　ゴーストは、利用価値が出た私をどう使うつもりなのか。いったいどんなネタでDEEP GOLDを揺さぶる気なのか。
　不安が胸を埋め尽くし、思わず視線を落とすと、途端に涙がにじんできた。
「なにそれ……なによそれっ……」
　うつむいたまま、あふれる涙を止めることができない。
「え、おい」
　白玖の戸惑う声が聞こえる。
「好きだって……大事にするってっ……」
「姫乃」
「白玖が、そう言ったんじゃないのっ……」
　私が求めたわけでもなかった。
「それなのに……だまして利用するなんて。だったら、初めから、そんなこと言わないでよっ……」
「なんだよ」
「好きだったのにっ……」
　本当にそう思っていた。

「姫乃って呼ばれて……退屈だけど、平和なここが好きだったのにっ！」
「待てって」
「どうするのよ……ここから出さずに……私をどうしようとっ……」
「姫乃っ！」
　白玖が腕を強くつかむので、それを振り払う。
「触らないでっ……！」
　そう言って逃げようとしても、すぐまた腕をつかまれた。
「嫌いっ！」
　大っ嫌い！　暴走族も、総長の白玖も……。
　全部大嫌いだと思ったとき、白玖の手が私の腕を強く引いた。
「やめてっ」
「姫乃」
「痛いっ……！」
「聞けよ」
「……放してっ！」
　泣きながら、その腕からなんとか逃れようとする。
　感情が高ぶり、震えだす身体を、白玖がなにを思ったのか強く抱きしめた。
「なんだよ」
　すぐそばで聞こえる声は、とても困っているように聞こえた。
「やめろよ、んなに泣くな」

明らかに戸惑った声を出した白玖が、私の頭を自分の胸に押しつける。
「頼むから……泣くな」
　頼まれても涙が止まらないのは、泣いているのは私の意思じゃないから。
「なんで泣くんだよ」
　私がなにに泣いてるのかわからない白玖の声は、戸惑いを隠すことなく。
「悪かったよ。族のこと黙ってたのは、俺が悪かった」
　アッサリ謝る男が、抱きしめたまま言葉を続ける。
「見張りを付けたのも、俺が悪かったな」
　とにかく泣いている私を、落ち着かせたいらしく。
「好きってのも、お前の気持ちを無視して言った俺が悪かった」
　この際、なんでも謝れば泣きやむと思っているのかもしれず。
「大事にするってのも、俺の勝手な気持ちだしな。押しつけたなら悪かったよ」
　私は、そこを謝ってほしいわけじゃないのに。
「でも……ここを出すわけにいかねえのは、謝れねえんだよ」
　謝れないことで、私が逃げると思ったのか、離さないよう抱きしめる力を強くした白玖が、大きく息を吐いた。
「今さら、ゴールドなんかにお前は渡せねえからな」
　思ってもいなかった言葉に驚いて顔を上げる。

ゴールドに渡せないって、どういうこと？
「やめとけよ」
　いったいなにをやめとくのかわからず黙っていると、白玖が私の髪をクシャッと優しくつかんだ。
「押しつけでもなんでも、俺は言っただろ？　他の誰よりも大事にしてやるって」
　確かに、聞いたけど……。
「金城はやめとけ」
　どういうこと？　嵐志はやめておけってこと？　え、利用しようとしてたんじゃないの？
「あんなやつのところに、戻るなよ」
　静かにそう言った白玖が、もうスッカリ慣れた私の短い髪をつかんだまま、頭を後ろへと引いた。
　少し強引に上を向かされた視線の先には、ゾッとするほどキレイな顔と、街灯の明かりで銀色に光るアッシュグレーの髪。
　薄く形のいい唇の端がわずかに上がるのを、わずか数センチの距離で見ることになり……。
「姫乃」
　私を"姫"ではなく"姫乃"と呼ぶ男の顔からは、戸惑いは消え、代わりに余裕の笑みが浮かんでいる。
「命かけてでも、俺が大事にしてやるから」
　甘い言葉を紡いだ唇にふさがれたキスからは、白玖の隠し持つ、穏やかな優しさが流れ込んでくる気がした。

第6章
告白

『おいおい、シャレになんねえんじゃねえのか』
『嵐志さんと姫がヨリ戻したって話だろ？　つーかこういう場合ってどうすんだ？』
『それ、ホントの話かぁ？　波留が言ってるだけで、あやしいぞ』
『さすがにウソじゃねえだろ。あれでも弟なんだしよ』
『でも姫はゴーストのシマに住んでんだろ。いやマジでどうすんだろうな』
『俺なら、家に連れてきて帰さねえな。今、学校休みだし、いけるだろ』
『それじゃあ解決にならねえだろ。いっそ結婚すりゃいいんじゃねえか』
『いや、俺ならやめとくな。別に、近くにも女はいんだしよ』
『まあなぁ、「遠くの親戚より、近くの他人」って言うくれえだしな』
『親戚の女とか……俺、ヤりたくねえぞ』

　　　　　＊　＊　＊

『俺が大事にしてやるから』
　だから、ここにいろと言いたいらしい。
　予期していなかったキスが離れると、前髪が触れ合うほどの距離を保ったまま白玖が私の目を見つめた。
「今は、すげぇ好きなんだよ」
　それは前に言っていた、まだすごく好きって感じでもな

い、という話とつながっているのかもしれず。
　まさかのキスに、逆に冷静になれた私は、抱きしめてくる白玖の胸を押して自分から離れた。
「待って……」
　どういうこと？　好きって、大事にするって、本心で言ってるの？
　いろいろと疑問が湧いてきて、だけど、いったいなにから聞けばいいのかわからない。
　キスされた唇に無意識に手がいく。指先で軽く挟むようにして唇に触れていると、一歩下がった白玖がガードレールに腰を下ろした。
「待つのはいいけど、拒否権ねえからな」
「え……ないの？」
「ねえに決まってんだろ」
　まさかの言葉に思わず白玖を見ると、その顔はいろいろな意味で気がラクになったのか、どこか清々しく見えた。
「姫乃の気持ちが変わんのを待ってるなんて、ノンキなことやめたんだよ。どうせ会えねえし、金城はあきらめろ」
「そうじゃなくて……大体、どうして私？」
「ありがちな質問だな」
「だって、どう考えてもおかしいじゃん」
「好きになったからだろ」
　アッサリ言われても、いまいち納得できない。
「あまり信じられないんだけど」
「なんでだよ」

「だって、最初から知ってたんでしょ。私が誰か知っていながら、黙ってたよね」
　ゴーストの総長であることを隠しながら私に近づいておいて、好きだと言われても、簡単に信じられるはずもない。
　私の言葉に、白玖の視線が斜めに逸れる。公園の方を見ている仕草は、ほんの少し気まずそうにも見えた。
「そうだな。知ってたな」
「最初から知ってて、でも黙ってるとか、それって私を利用しようとしてたんじゃないの？」
「なんだよそれ」
「私が誰なのか、白玖も知ってるかもだけど、私も知ってるし。聞いたから」
「聞いたって、誰にだよ」
「見に行ったの、SILVER GHOSTを。白玖が暴走族の総長だとか、信じられなかったから」
「なにやってんだよ」
「そのときに、女の子たちが話しているのを偶然聞いたの。私は使えるって思ってたよね？　ゴールドを揺さぶるネタに使おうとしてたよね」
「そうだ、悪いか」
　開き直るつもりらしい白玖の顔からは、私への気まずさが消えている。
「言っとくけど、使えるより先に、なんのつもりだって思ってたぞ。ここは、こう見えてうまく回ってんだよ。だからこそ、どこも俺らには手を出してこねえからな」

「なんのつもりって？」
「誰だって思うだろ。ある日突然DEEP GOLDの姫って女が転校してくるなんて、どんな嫌がらせだってな」
　今までは、白玖の口から『DEEP GOLDの姫』なんて言葉が出るとは、夢にも思っていなかった。
「どうして私がそうだってわかったの？」
「大牙が気づいたんだよ。お前、名前を言い間違えただろ」
　そう言われて、転校初日に思わず『高遠』と口にしたのを思い出す。
「あの日、マジで休み終わってんの忘れてて家で寝てたら、大牙がゴールドの姫が来たって、連絡してきたんだよ」
　どうやら初日からすでに白玖たちは気づいていたらしい。
「でも、もう姫じゃなかったし……」
　思わずつぶやくと、視線を逸らしたままの白玖が小さくため息をこぼした。
「そこまでは知らなかったんだよ。こっちは、どうせ手も出してこねえ、よその族の情報なんかに、正直あんま興味ねえしな。さすがに名前くらいは聞いたことあっても、別れた後だとかまではイマイチわかってなかったんだよ」
　確かにゴールドも、ここには簡単に踏み込めないと言っていた。そんな中にいる白玖たちにすれば、他の族を恐れる必要はないわけで。情報が中途半端だったのは、ウソじゃないのかもしれない。
「あのときは大変だったぞ。お前が来たことで、どういう

状況でこうなってんのか情報を集めねえと、昼寝もしてらんねえってな」
「それで、しばらく来なかったんだ……」
「そうだ。いちおう総長だしな、仕事はしねえと。あんときはマジで学校行ってる場合じゃなかったんだよ」
　登校拒否かと思うほど学校に来なかった白玖だけど、普段学校を休むことがないのは、一緒に登校していた私が誰よりも知っている。
「だからって、5日も？　ていうか、驚いてなかった？『お前誰だ』って。『聞いてねえ』って言ったよね」
「あれは、大牙のいつものくだらねえウソだ。あいつ、俺には隣のクラスに転校してきたって言ってたんだよ。まさか自分の隣にいるとは思ってなかっただけだ」
「なにそれ……」
　自分の隣の席だとは聞いてなかったって意味だったの？
「時間かかったのは、どう考えても、金城がここに自分の女を転校させるわけねえってのがあって、もしかすっと大牙のかんちがいじゃねえかって話になったりしたからだ」
「そうなんだ」
「んで、本当かどうか確かめるために、姫乃の顔を知ってるやつ探すのに苦労してたってことだ」
「え、わざわざ確かめたの？」
　そこまでしてたなんて、全然気づかなかった。
「初めて帰りが一緒になったとき、マンションに来てただろ。あの中に、お前の顔を知ってるやつがいたんだよ」

そうか、だからあのとき白玖だけが男たちの方へ行って、大牙と壱は知らん顔だったのか。だって、私が姫で間違いないかを確認するだけでよかったのだから。

　でも、それだと私があのマンションに住んでるとわかってなければ、成り立たないんじゃないの？　まったく別の方向に帰っていたら、待ち伏せは成り立たないはず。
「え、私の家、知ってたの？」

　そうでなければ、どこで待っていれば私を見られるのか、わからないわけで。
「だな」
「もしかして、そのときも見張られてたの？」
「当たり前だろ。こう見えて、俺は用心深いんだよ」
「じゃあ、同じマンションだっていうのは、あのとき知ったわけじゃないんだ」
「そうだな。つっても、部屋までは知らなかったけどな」

　どこまでもアッサリ言われると、怒りを通り越してあきれてくる。
「それで？」

　この際、全部聞くつもりで言うと、白玖が視線を足元に向けた。
「よくよく調べると、とっくに別れてるって話だったしな。しかも、ロクな別れ方じゃねえってことがわかって、それなら大丈夫なんじゃねえのかって結論になったんだよ」
「……そう」
「で、正直、そのときに思ったのは確かだ。なんだ使えね

えのかよ、ってな」

　そう言った声は、どこか後悔しているようにも聞こえた。
「もし言い訳が通るとしたら、お前に会うまでにもう使えねえことは大体わかってた。利用するつもりもなかったしな。つっても、まさか好きになるとは夢にも思ってなかったんだよ」

　そう言う白玖の顔は、笑っているのにどこか困っているようにも見えた。
「金城が付き合ってた女とか、俺からすると一番ねえ女だしな」
「そうだね」
「でも、捨てられただのなんだの聞くのは、さすがに気分のいいもんじゃなかった。それも、他人を使って別れるとか、ありえねえと思ったんだよ」

　そこまで知ってるんだ……。

　そういうのは、できれば知られたくなかった。だって、かっこ悪いし恥ずかしい。
「初めの頃のお前が、周りと仲良くなんて空気をいっこも出さねえのは、それが理由なんだろうなって」

　確かにそうだった。
「こう見えて、複雑だったんだよ」

　複雑……ってなにが？

　白玖の言いたいことがよくわからず、じっと見つめていると、足元に落ちていた視線が私に向けられた。
「興味もねえし、ありえねえ女だと思うのに、あんなやつ

のために泣いたのかと思うと、それはそれでかわいそうだってな」
「本当にすべて知ってたんだ……」
「ああ。誰に捨てられようとどうでもいい女のはずなのに、お前を傷つけた金城にムカつく気持ちが湧いてくるのを抑(おさ)えられなかった。どうしたらいいかよくわからねえ気分だったんだよ」

そんなふうに思っていたとは……。
「どんな事情があったとしても、あいつはお前の手を放したんだよ」

それはそのとおりだった。

ある日突然放された手は、私を孤独に突き落とした。
「俺なら、なにがあっても放さねえよ」
「白玖……」
「族のことを黙ってたのは、今さらどう言い出せばいいのかわからなかったからだ」

一度は、私を使えるんじゃないかと思っていた白玖は、その後ろめたさが今でもあるのかもしれない。
「害はねえってわかってやめてた見張りを、ここ最近また付けてたのは、金城に会ったことを聞いたからだ」

あれほど大々的に嵐志が私に会いに来たんだから、ウワサが広がっていてもおかしくない。
「初めはどうでも、毎日一緒に学校行って昼を一緒に食ってるうちに松井姫乃を知って好きになったことはウソじゃねえよ」

私だって、初めて白玖に会ったときは、仲良くする気などひとつもなかった。
「姫乃」
　姫乃と呼ばれることは、けっして嫌じゃなくて。
「信じてみろよ」
　もう一度、信じてみる。過去につないだ手を放した男ではなく、今ここで手を差し出している男を。DEEP GOLDの姫と呼ばれた、嵐志との過去を知りながら、松井姫乃というなにも持っていない私も知っている白玖を。
「俺を好きになれ」
　そう言われて、拒否するわけでもなく、それが嫌だと思うわけでもないのは、すでに気持ちが傾いているからなのかもしれない。
　でも、この手をとれば、きっと複雑になる。とっても面倒なことになるのは目に見えている。
　本当にそうなったとき、私なんかよりはるかに白玖のほうが大変な目に遭うだろう。嵐志との過去を誰もが知っている中で私を選ぶことが、白玖にとっていいことだとは思えない。
　下世話なウワサ。嘆き、さげすむ声。上から目線の同情。心ない好奇心。それらにさらされるのは、私ではなく白玖のほうなのだから。
『なにもそんな女をわざわざ選ばなくても』と、これから先言われ続けることになるだろう男が、ガードレールから腰を上げる。

「今日は帰る、でいいな？」
　どうせ私に拒否権はないみたいだから、小さくうなずくと……。
「つーか、うちに来いよ」
「え？」
「どうせ遅くなるつもりだったんだろ？」
　それはそうだけど……。
　私が黙っていると、大きくため息をついた。
「そこは否定しろよ。金城と会って遅くなるとか、なにするつもりだったんだよ」
　なんだかそんな言い方をされると、変なふうに聞こえる。
「違うから」
「どうだか」
「違うし」
「大体、こんな時間から会うとか、おかしいだろ」
「それはそうだけど、そういうんじゃ……」
「マジで金城と会うつもりだったのかよ」
　あきれたようにため息をつかれる。
「え、知ってたんじゃないの？」
　どうやら誘導尋問だったらしく。
「知ってるわけねえだろ。ただ、そうじゃねえかと思ったから、止めに来たけどな」
　確かに、盗聴でもしていない限り、さすがの白玖でも確信はないわけで。
「まあ、明日もあさっても、その次の日も休みだしな」

「やめてよ。ホントそういうんじゃないから」
「必死で否定すんな。ますますあやしく聞こえる」
「ホントに違うから。ただ、返す物があって……」
　思わず言ってしまい、あ、と思ったときにはすでに遅かった。
「返すって、なにをだ」
「えっと……」
「姫乃」
「あの……」
「言えよ」
　私の頭に手を置き、視線を逸らすことを許さないというようにジッと見つめる白玖。なにがなんでも聞き出す、という態度を崩さない。
　ただ、どちらにしてもいつかは返さなければいけない物ではある。ここを出ることを白玖が許さないとなると、私は返しにも行けないから。
「スマホを返したかったの」
　素直に白状すると、白玖が低い声を出した。
「誰にだ？」
「……嵐志に」
「ふーん、なんで」
「会ったときに、渡されて。でも、ちゃんと返そうと思ってるから。また連絡して、住所でも聞いて送るから」
「出せよ」
「え？」

「こっちで返しておく」
　軽くそう言い、手を出してくる。
「どうりで俺を避けるわけだ。金城とヨリを戻す気だったんだな」
　白玖を避けていたのはそんな理由じゃない。
「違うから。避けたのは、白玖が暴走族の総長だってことを私に隠してたこと知ったから……。それに、利用しようとしてたことも……」
「認めんだな、避けてたこと」
「だって……」
「もういい、早く出せ。お前を大事にするってのにウソはねえけど、心が広いってわけじゃねえからな」
　そうだろうなと思った。
　だって、見えない要塞を作り上げ、私という異物が入ってきたら、徹底的に調べるような男なんだし。しかも、見張りを付けてまで、こうして私の行動をチェックしようとする男の心が広いわけがない。
「こっちでって……それってマズいんじゃないの。SILVER GHOSTが返すみたいなことになると、おかしなことにならない？」
「どうするかは俺が決める。姫乃が考えることじゃねえよ」
　意外と独裁的な総長なのかもしれないと思いながらも、仕方なくスマホを出すと、明らかに気に入らないというふうに私の手から取り上げた。
「これ、誰のだ？」

「嵐志の……」
「金城が自分の電話を渡したのか?」
「うん」
「自分の電話渡すとか、意味わかんねえぞ」
「……私、転校するときに機種変して番号も替えたから。それで、連絡が取れないからって」
「どんだけ必死なんだよ」
　よほど気に入らないのか、白玖が鼻で笑う。
「あいつがわからなくても、お前は知ってるだろ」
「ううん。データ移行しなかったし。もうわからない」
「だとしても、自分の電話を渡して、どうやって連絡取るんだ?」
「2台あるみたいで……」
「もう1個の番号が入ってるってことか」
「うん……」
「話したのか?」
「話してない。他の人と話しただけ」
「すでにヨリ戻したってウワサがある」
「え……」
「どうなんだ?」
「戻してないし」
「今日、戻るつもりだったのか?」
「……ううん」
「今、間が空いたぞ」
「違うし、戻るつもりなんてなかった」

「ウワサについて思い当たることは？」
　思い当たることと聞かれて、もしかしたら、と思った。
「……私が持ってるとは知らずにかけてきた人がいて。で、かんちがいしてるのかも」
「それが、波留か」
「なによ。知ってるなら、聞かないでよ」
「控(ひか)えてねえだろうな、金城の番号」
「うん……」
「ウソじゃねえな？」
　やけに尋問的に言われて、なんだか疲れた気分で大きくうなずくと、白玖は強引に私の手をつかみ歩きだした。
　片手にはスマホを持ち、もう片方の手は私とつなぐ。前に停まる車のそばまで行くと、待っていたように後ろの窓が開いた。
「これ、金城に返しておいてくれ」
「は？　金城って？」
「本人じゃなくていい。ゴールドに返せばそれでいい」
「なんだ？　つーか、これ誰のだ」
「あいつのだ。姫乃に渡してたんだよ」
「マジか。いやいや、ちょっと待て。それなら、どう言って返すんだよ」
「どうって、なんだよ」
「いや、お前……金城は、その子とヨリを戻そうとしてんだろ？　そんなやつに、俺らがどう言って返すんだよ」
　とりあえず受け取りはした男が、明らかに困った声で聞

くと、私の手をつかんだままの白玖は再び歩きだした。
「俺の女に二度と近づくなって言っとけ」
　そう言って、アッシュグレーの髪にゾッとするほどキレイな顔を持つ男は、涼しげな目元に色気をにじませる。
　人生で二度目となる彼氏は、暴走族『SILVER GHOST』の総長だった。

　嵐志に会うため、ひとりで来た道を、今は白玖の手に引かれて歩く。
　この辺りは住宅街なので、この時間ともなると本当に静かになる。それなのに、真夏の夜道はどこかざわめいている。昼間にたまった灼熱のエネルギーを、一生懸命クールダウンしているという感じがするからなのかもしれない。
「飯、食うか？」
「え……」
「さっき、あいつと……運転してたやつな。あいつと飯食おうと思って、店に入ったとこだったんだよ。んで、注文考えてたら急に連絡入って、姫乃が駅に向かってるって聞いて焦った」
「そうだったんだ」
　白のTシャツに、白のゆったりしたパンツ、Tシャツの上からは薄いグレーのカーディガン。シンプルな服装の白玖は、髪色もあってか全体的に涼しげに見える。
　あまりシンプルな色合いは、涼しいを通りこして冷たい印象さえ感じられるのに、握られた手は熱く……。

「つっても、この辺なんもねえな」
「だね」
「駅まで戻ればあるけど、ちょい面倒だな」
「私、お腹減ってない」
「んじゃ、まあいいな」
「いいの？」
「後であいつ呼び戻して、食えばいいし」
　まあ、そうだけど。ていうか、そんなことより……。
「本気なの？」
　先を歩く白玖の背中に聞いたのは、『俺の女』だなんて言ってよかったのかと思ったから。あれじゃ、わざわざ嵐志に宣言しているようなもの。
「まだ、そこかよ」
　そこってのがどこかわかる私が小さくため息をつくと、白玖が振り返った。
　クールな印象と、つながる手の温度と、私を見る穏やかな表情。
　そのどれもが白玖らしいと思う。"らしい"という表現は、少し違うのかもしれない。
　ひとつひとつを見ると、それぞれが合ってないように思うのに、総合すると白玖になる。それが"らしい"という表現につながるんじゃないかと思う。
　冷たい印象だけど、性格はけっしてクールじゃない。強引で自分の想いを全面に出してくるけど、表情や空気に優しさを感じるからか、押しつけ感が薄い。

だけど、優しいばかりかと言えば、そうでもない。ときどき見せる、余裕を感じさせる笑みや嫌味な言葉は、明らかに相手を挑発している。
　同じ総長でも、白玖と嵐志は全然違うと思った。
　過去の付き合いを思い出しても、私は嵐志とこんなふうに手をつないで歩いたことはない。
　彼氏としてある意味完璧だった嵐志は、歩み寄るとかそういうのとは少し違った。
　なにかあっても嵐志に言えば解決してくれたし、私はただ大事にされていればそれでよかった。彼女の私はこうしていればいい、というのをわかりやすく教えてくれる、という付き合い。
　嵐志の隣にいて、周りからも大事にされているゴールドの姫。ただそれだけを求められていた。
　付き合うということから始まった関係は、お互いを知るより先に、彼氏と彼女という形が前提にあった。
　最初からでき上がっていた形は、私だからこうするとか、嵐志だからこうするとかではなく、彼女だからこうするし、彼氏だからこうする、というような、わかりやすい形の上にしか成り立っていなかった。
「俺、実は全部知ってんだよな」
　静かにそう言った白玖が、再び歩きだす。
「姫乃と金城が別れたときの大体の状況だとか、その後、学校で孤立したことも、それで姫乃が学校行かなくなったこととかな」

あまりにも有名だった男との別れは、隠すことも難しい。
「それに、姫乃とあいつがどういう経緯(けいい)で付き合いだして、どういう流れで付き合ってたのかってのも、全部知ってる」
　全部ってのは、本当に全部って意味らしい。
「姫乃を知るために話を聞こうと思えば、別にそこは聞いてねえってことまで出てくんだよ」
　それはそうだろうと思う。聞かれた相手は、よかれと思って、知っていることをすべて教えてくれる。
「まあ、最初はどうでもよかったし、別に、聞いても『ふーん』とか思ってたんだよ」
「うん……」
「でも、聞いてるうちに、いろいろ思うこともあったりしてな。他人の恋愛を詳しく聞くなんて、普通ねえだろ？　男はとくに、んな話しねえしな」
「……そうだね」
「別に知りたくもねえのに嫌でも聞かされてっと、あいつんなことすんのかよ、とか、俺ならそれはしねえなってこととか、どうでもいいはずなのに、思うことってのが出てくんだよな」
　恋愛とひと言で言っても、付き合いの形や考え方はそれぞれ違って当たり前なのかもしれない。
「人間っておもしれえよな。しねえことを考えるってことは、することも考えたりするんだな。まったく関係ねえってわかってても、俺ならもっと違う付き合い方するだろうな、とかな」

歩きながら静かに話す白玖が、どこか困ったように笑う。
「見たこともねえし、会ったこともねえはずの女なのに、情報だけは嫌ってほどあるわけだ。それも、俺ならこうするってな、妙な疑似恋愛付きでな」
　わかりにくい話だけど、私にはわかる気がした。
　例えば、友達の恋愛話を聞くとき、友達の話なのに、自分に置き換えて聞く、ということは普通にあると思う。それ、私ならないな、とか、そういう場合は私だったらこうする、とか。
　だからこそ、アドバイスとして意見したりもできる。
「んで、いざ実物に会うわけだ」
「うん……」
「でも、なんつーか、実物って基本、想像よりも普通だろ？見た目がどうとかって話じゃなくてよ。もっと内面的な話な」
　思っていたのと違う、なんてことはよくあることだし。逆に、それで当たり前ないんじゃないかと思う。
「本音を言うと、お前に初めて会ったとき、この女が？って、いまいちしっくりこなかったんだよ」
　捨てられた部分だけではなく、付き合っていた間のこともすべて知っている白玖にすれば、もっといい女だとか、デキた女子を想像していたとしても不思議はない。
「まあでも、毎日一緒に学校行ったりしてるうちに、ああ、これならわからなくもねえなって。普段から愛想がいいってわけでもねえけど、笑うとかわいいとかな」

想像と現実が追いついたということなのかも。
「そうなると、一度は考えたことある"俺なら"ってのがまた出てくんだよ」
　そうか、だから白玖は『他の誰よりも大事にする』と言ったのかもしれない。自分ならこうする、という形が白玖の中には早い段階からあったから。
『他の誰よりも』の"他"は、漠然とした誰かではなく、特定の男、嵐志だったんじゃないかと思った。
「あいつより俺のほうが絶対大事にしてやれる自信あんのに、俺のもんじゃねえとか、なんつーか、イラつくんだよな」
『俺のものになれ』というのも、そういう気持ちから出てきた言葉なのだろう。白玖には白玖なりの理由があって、それなりの時間をかけて、私を想うようになってくれたのかもしれない。
「でもそれが、今になって効いてきてんだな」
「効いてきてる？」
　なにが効いてきているのかわからず、白玖の背中を見た。
「全部知ってるってことが、今頃になって俺を悩ませんだよな。知らなきゃよかったなって思ってんだよ……」
　私と嵐志の過去を自分で調べて知った白玖は、それを今さらながら後悔している、ということを言っているのだと思った。
　確かに、誰だって、好きな相手の過去の恋愛など知りたくない。

「姫乃」
「うん……」
「俺は、それでもお前がいいと思ってる。他に女なんかいくらでもいんのわかってても、俺はお前がいい」
　周りからどう見られるかも、周りに陰でなにを言われるかも、白玖はすべて理解している。その上で、私がいいと言ってくれている。
「だから、俺の本気を疑うな」
　そう言われて、疑う理由も必要もないと思えたから。
「わかった」
　私が素直にうなずくと、手をシッカリと握ってくれる男は優しく笑ってくれた。

第7章
心情

『ちょっと、ちょっと、大ニュースだよ!』
『ああ、姫の話でしょ。てか、遅いよ。もう、みんな知ってるし』
『SILVER GHOSTの総長が、姫は俺の女だって言ったってやつでしょ』
『早い話、付き合ってるってことだよね。嵐志さん振るとか、マジでないわぁ』
『でも、嵐志さんには悪いけど、姫が選んだならしょうがなくない?』
『選んだのかなぁ。ゴーストの総長が、嵐志さんに嫌がらせしてるとか』
『族同士の嫌がらせのために付き合うの? さすがに、それはないでしょ』
『でもさ、別れたのだって、結局は族同士のもめ事が原因だったわけじゃん』
『ちょっとっ、違うから。私が言いたいのは、姫の話じゃないし』
『はあ? じゃあ、なによ。それ、姫より大ニュースなんでしょうね』
『よりって、ほどでは……あぁ、もういいよっ!』

   * * *

「あーいい。そういうのいいぞ、聞かなくても、大体わかるからな。その辺は、さすがに察してるし、詳しい説明と

かマジでいい」

 私が玄関を開けると、開口一番、そんなことを言いながら入ってくる大牙。

 いいもなにも、誰もなにも言ってないし。

 白玖との付き合いが始まってから早1週間が経ち、夏休みは残すところ、あと1ヶ月となっている。

 結局、あの日の夜は松井さんに心配をかけないようにと、真っ直ぐに家へと帰った。

 白玖は、私が家へ帰ることに関してはなんの問題もないらしく、サッサと部屋の前まで送ってくれた。というより、家に入るまで見届けた、というほうが正しいのだろうけど。

 どれだけ家を知っていても、連絡が取れなければ意味がなく、出会ってから丸4ヶ月目で初めて電話番号を交換するということをした。

 私のスマホには今、家族と白玖だけが登録されている。
「つーか、姫乃。お前の貞操観念、いったいどうなってんだよ。何時だと思ってんだ？ こんな時間に誰もいねえ家に簡単に連れ込まれてんじゃねえぞ」

 何時って、昼の1時だけど？

 昼間に家に来るのがマズイのなら、いったいどの時間だといいのかわからない。

 大牙のこういうところは、ある意味感心に値する。これほどわけのわからないことを言う男は、そうそういるものじゃない。

 どこまでも適当な大牙が、慣れた様子でソファの上に乗

りあぐらを組んで座る。
　ここまで食べながら来たのか、シャーベットアイスをかじる壱が後から入ってきた。
「悪い、いるとは思ってなかったし、買ってこなかった」
　アイスのことを言っているのだろうと思い。
「いいよ」
　私がそう言うと、大牙がわざとらしくため息をついた。
「いやいや、よくねえぞ」
　壱がアイスを買ってこなかったことくらい、なんの問題もないと思うのに、大牙がそうじゃないというように首を振る。
「どー考えても、これじゃあ、まさかの横取りだぞ。姫乃は俺の女だと思ってたのに。なんで白玖が持っていくんだよっ。大体、姫乃は白玖の好みじゃねえだろ。お前、シャラシャラねーちゃんが好きなんじゃねえのかよ」
　シャラシャラねーちゃんというのが、どんな人のことをいうのか想像もつかないでいると。
「ショートとか、興味ねえだろ。俺の庭、荒らすようなことすんなよ」
　無条件に髪の短い女子が好きな男は、とにかく文句が言いたいだけらしい。
　ジーンズにＴシャツという服装で床に座り、リビングテーブルでそうめんを食べる白玖があきれた声を出す。
「俺は女を髪形で選んでねえし、お前の女でもねえだろ」
「最初から姫乃を口説いてたのは俺だろ。なのに、いつど

うなって、こうなったんだ?」
　説明はいいって、さっき言ってなかった?
　大牙の話がむちゃくちゃなのはいつものことなので、黙って白玖の向かいに座り、途中になっているそうめんをまた食べ始める。
「お前、もう姫乃になれなれしく触んなよ」
　白玖がソファに座る大牙を見上げて言うと、頭を少し斜めに引いて、にらむように目を細めた大牙が、わざとらしいその目で私を見た。
「聞いたか、まるで自分の女扱いだ」
「俺の女になったんだよ」
「俺の女とか言うなっ!　泣けてくるだろ!」
「なにしに来たんだよ。うっとうしいし、帰れ」
「絶対、帰らねえ。帰るかよっ。俺が帰ったりしたら、白昼堂々、姫乃になにしだすかわかったもんじゃねえしな」
「するかよ」
「じゃあ、付き合うなよ。今すぐやめろ。ヤりもしねえ女とか、いらねえだろ」
「んな発想、お前だけだ」
「ははぁん、そうかわかったぞ。俺があまりにもショートがいいって言うから、お前も試したくなったんだな」
「んなわけねえだろ」
「いやいや、言っとくけど、髪短けえからってセックスの快楽は一緒だぞ。どうせヤること一緒なんだしよ、その辺なんも変わんねえって」

「お前マジで追い出すぞ。んな話、姫乃の前ですんな」
「今さらなにいい男ぶってんだよ。つーか、もういい。おい、姫乃。お前よく考えたのか？　ホントにそれでいいのか？」
　考えたかと聞かれるとよくわからないけど、どうせ拒否権もないし、白玖のことを私だって自分なりに好きだと思っている。
　大体、こうしてお昼を一緒に食べていることだって、なんの問題もない。なんだったら、楽しいとさえ思っているから。
「いいよ」
「なんだよ、その軽い感じ。それで付き合うとかねえぞ。いや、マジでよく考えろ」
「うん、いい」
「よくねえよっ！　白玖だぞ？　こいつは族の総長なんだぞ？　極悪人だぞ？」
　SILVER GHOSTのことが私にバレているのは、すでにふたりも知っている。
　あれほど隠しておいて、こうしてバレた途端、アッサリと開き直るところは白玖と同じ。
「極悪人なの？」
「そうだ。こいつは普段は薄っすい感じ出してっけど、いざとなったら平気で相手をなぐるようなやつなんだよ」
　薄い感じというのは、なんかわかる。白っぽい髪色といい、気だるそうな空気といい、確かに薄いといえば薄い気がする。

「うん。でもいいよ」
「だから、軽いんだよっ。まさか"ただイケ"に限るとか思ってんじゃねえだろうな」
　ただイケって……。まあ、確かに白玖はイケメンだけど、だからといって付き合うことにしたわけではない。
「言っとくけど、あんま簡単に信じねえほうがいいぞ」
「なんの話だよ」
　白玖があきれた声で言ってもお構いなしの大牙は、とにかく私たちが付き合うのをやめさせたいのか、しつこく言う。
「だまされてんぞ、姫乃。考え直せ。こいつには、何年も想ってる女がいんだよ。それこそ、"ただイケ"のな」
「ただイケって……女なのに？」
　意味がわからないと思っていると、大牙がドヤ顔を見せる。
「ただし、超絶にイケてる女だ」
　それも、ただイケって言うの？　そんなの、初めて聞いたんだけど。
「そりゃあもう、目ぇ覚めるほど顔のいい女なんだけどな。いいのは外見だけで、まあ性格は悪いわ、男癖悪いわ、中身からっぽのロクでもねえ女なんだよ」
「からっぽ……？」
「そうだ、からっぽだ。あの女は俺が見た中でも史上最悪の女だな」
　史上最悪って……。ひどい言われようだけど、あまりに

ひどすぎて、逆にどんな人なのか見てみたい気もする。
「とにかく最強に最低な女だ。んでも、こいつは好きなんだよ。なんつっても、ただイケだからな」
　それで、ただイケなんだ……。
「その女が他の男んとこ行って、しばらく戻ってこねえから、手近な姫乃でなんとかって話だ。お前、その間のつなぎ的にヤラれて終わりになんぞ。それでもいいのか？」
　それは困る。でも大牙の話なのでいまいち信憑性がない。
「おい、なんだよその顔。もしかして、ウソだと思ってんのか？　言っとくけど、ウソじゃねえぞ」
　そう言うと、大牙はあぐらを組んだ両膝にそれぞれ手を置き、前へ乗り出すような体勢になった。
「いやぁ、男が女に執着するとそうなんだな。マジで理解不能だぞ。今も男いんのわかってんのに、帰ってくんの本気で待ってっからな」
「もういいぞ」
　うんざりした声を壱が出しても、大牙の話は止まらない。
「まあでも、そんだけ想っても、女は改心しねえし……なのに、やめたくても想いはなくならねえ。つっても、手近な女じゃ満足できねえ。結果、やっぱあの女でねえと、ってな負のスパイラルに陥ってるわけだ」
　それが本当なら、確かに負のスパイラルな気がする。
「うぅ……あまりの切なさに、俺は泣けてくるぞ」
　芝居がかったように泣く素振りを見せる大牙の作り話は、バカバカしいけれど妙にリアルでもある。

「結局のところ、女も男も、共通して"ただイケ"なんだな。顔さえよければ、なんでもいいし許される、みてえな話になってんだしよ」
「それ、ホントなの？」
「マジに決まってんだろ」

　アッサリ言われて、思わずアイスを食べている壱を見ると、私の視線を感じたのかこちらを向いた。
「ウソだ」
　ウソって……。またウソなの？
「白玖に、んな女はいねえし心配すんな」
　その言葉にホッとしながら白玖の方を見ると、お箸ですくった麺をつゆに入れているところだった。
「だまされんな」
「だまされてないし」
「一瞬、疑っただろ」
「疑ってないから」

　疑ったわけじゃないけど、『心配するな』と壱に言われてホッとしたのは間違いない。同時に、過去があるのは私だけじゃなく、当然ながら白玖にもあるということにふと気づいた。

　大牙の話はウソだとしても、付き合っていた相手くらい当たり前にいただろうし、その相手とどんな関係で、どの程度の想いがあったのかを私は知らないわけで。

　まあ聞いたことがないので、知らなくて当然なんだけど。

　それに、知らないなら知らないでいいと思う。知ったと

ころで、過去に戻ってやり直すことなどできるわけでもないんだし。

　一度過ぎた時間は、絶対に戻すことはできない。なにより、それを言われると、誰よりも私自身が困るのだから。

　とはいっても、それほど簡単なものでもないのが人の感情。とくに恋愛感情というのは、この世で一番、複雑で難解なものだったりする。

　知りたくないけど、知らないままでは気になるし。

　過ぎたことなので聞くだけ無駄だけど、すべてを聞いて把握しておきたい気もする。

　今の白玖の気持ちを疑うわけじゃないけど、過去に同じように想った相手がいるとしたら、それはそれで嫌だと思う。

　そこまで考えて、自分でも驚くほど、白玖のことを意識してると思った。これこそ、好きになってる証拠なんじゃないか、と。

　だって前は、白玖の過去について考えたこともなかったから。

　そもそも私と出会ったときだって、彼女がいてもおかしくなかったわけで。だけど、そんなこと思いもしなかったし、聞いたとしても『そうなんだ』くらいにしか思わなかったはず。

　だけど今は、前のようには軽く考えられないのも事実で……。

「黙んなよ」

向かいに座り、キュウリをお箸でつかむ白玖が言ってくる。
「別に黙ってないし」
「黙ってただろ」
「食べてるからだよ……」
「そうか？」
「そうだよ。だって、ほら食べてるでしょ？」
「まあな」
「ね、だから黙ってたの」
　どう考えても、白玖の過去の恋愛について、私が聞けることはない。聞いて、もし嫌な気分になったところで、それを伝えられるわけでもない。
　だって白玖はすでに私の過去を嫌ってほど知っていて、それでもこうして一緒にいてくれるのだから。
　そんな相手に、自分だけ嫌だとは言えない。そんなの、あまりにも勝手な話だと思うから。
　ひとりでそんなことを考えていると、ふいに大牙がソファから足を下ろした。
「帰るわ」
「え？」
「なんか、おもしろくねえ。微妙な空気で、幸せアピされてもな」
　幸せアピールなどした覚えがなく、微妙な空気というのがどの部分だったのかもわからないのに、立ち上がった大牙は私たちを見下ろし。

「俺らのそうめんは出てこねえのに、ふたりの時間をジャマすんな的雰囲気だけは出してくるしで、なんもおもしろくねえしな」

そう言われて初めて気づいた私は、確かにそのとおりだと思い、慌てて持っていたお箸を置く。

「あ、だよね。ごめん、食べる？」

「はあ？」

「トマトはもうないけど、キュウリならある……」

「いらねえよっ。つーか、なんだよ。なんで俺が白玖んち来て、姫乃に飯作ってもらわなきゃなんねーんだよ」

「いや、だって、食べたいのかと……」

「はぁ、マジでねえ。俺の姫乃が白玖の飯作ってるとか、マジでねえ」

「違うよ、これは白玖が作った——」

「んな話してんじゃねえよ。もういいぞ」

あきらめたように首を振る大牙が、気を取り直したように小さくため息をついた。

「まあ、別れたら言ってくれ。そんときは俺が、誠心誠意、姫乃のことなぐさめてやるからよ」

「お前が言うと、ゲスい話にしか聞こえねえ」

「はあ？　なんだ壱、ゲスいってなんだよ。俺はゲスくねーよ。誠心誠意つってんのに、なんでもかんでもエロと結びつけんな」

「お前の脳内、女に対しては、基本それしかねえだろ」

「わけねえだろっ。俺は女に対して、誠実に、ウソ偽りな

く接してっからな」
「誠実なやつが浮気も容認させんのかよ」
「だから、そこがウソ偽りなくってとこなんだよっ」
「もういいぞ、帰るんだろ。じゃあな、姫乃。またな」
　ソファから立ち上がった壱が、大牙の背中を押すようにして歩きだす。
「あ、うん。またね」
「今度はアイス買ってくる」
「うん、ありがと。てか、ごめんね、気がつかなくて」
「さっき大牙と飯食ってきたとこだ。こいつの言うこと真に受けんな」
　そう言った壱が、めずらしく笑った。
「姫乃、変わったな」
「え？」
「笑ってるとか、あんま見たことなかったのにな」
「……私、笑ってる？」
　自分ではよくわからず聞くと、壱がうなずいた。
「だな」
「そういう壱も、めずらしく笑ってるけど？」
「まあな」
　自覚があるのか笑ってうなずく壱が、白玖の方に視線を向けた。
　その視線に気づき、白玖がお箸を置き立ち上がる。
「俺、もういいし。あと、食っとけよ」
　食べるのをやめた白玖は、大牙と壱に続きリビングを出

ていった。

　玄関ドアが閉まる音が聞こえても、白玖が戻ってくる気配はなかった。

　見送ったわけではないのがわかり、私の前ではできない話があったのだと気づく。

　いったいなんの話なのか気になるけれど、今気にしても仕方がないので、残ったトマトとそうめんを食べて片付ける。

　キッチンに食器を運び、それらを洗おうと水道の水を出したところで、白玖が戻ってきた。
「俺、こっち洗う」

　当然のように私の横に立ち、鍋を手にして水に流す。

　しばらく黙っているので、食器を洗いながら聞いてみる。
「なにかあった？」
「うん？」
「壱、話があったんでしょ」
「まあな」

　軽く認めたものの、その先を言わない白玖。私が視線を向けても、気づいているのにこちらを見ようとせずに、話題を変えるように少し笑った。
「なんかいいな」
「え？」
「こういうの。いいよな」

　いやいや、話の続きは？

　ごまかすつもりなのかと思っていると、微かに笑みを浮

かべたままの白玖が、私の持つ洗剤付きのスポンジを取った。
「姫乃には言いたくねえ話だ。わかるだろ？」
　そう言われて、わからないほど鈍感でもないつもりなので、これ以上は聞かないという意味で白玖から視線を外した。きっと暴走族関係の話だとか、もしかすると嵐志の話なんじゃないかと思うから。
「こういうのがいいって？」
　そう聞くと、白玖はスポンジを私に返しながら……。
「なんつーか、変な言い方になるけど、お前のこういうとこラクでいいなって」
「ラクなの？」
「ラクしようと思ってるって話じゃねえぞ。そうじゃねえんだけど、俺ら、しばらく友達みてえな関係だったってのが、結果的によかったのかもな」
　白玖自身、自分の気持ちがハッキリしないのか、考えながら話を続ける。
「俺、こういう感じで女と付き合ったことがねえんだよ。知り合ってからしばらく経って付き合うってのな」
「そうなんだ」
「女は、最初に出会った時点で付き合おうと思えるか思えねえかで分類されるっつうか……」
　言いたいことは、なんとなくわかる。
「けど、姫乃は最初はねえって思ってただろ？　つーことは、好きじゃねえ時間ってのもあったってことだ」

「そうだね」
「普通はどうか知らねえけど、俺の場合は興味ねえ相手と一緒にいることはねえしな。でも、姫乃はその間も一緒にいることが多かっただろ?」
「まあ、そうかもね」
「その間、女として——」
「もういいよ」
「は? いいってなにが——」
「その話もういい」

　自分でも驚くほど、堅い声が出たと思う。

　さすがにその態度はどうなの?と、我ながら思った。

　白玖にしてみれば、私が聞いたから説明しようとしているだけなので、悪気もないし、そもそもおかしなことはなにも言っていない。

　だけど、なぜこのタイミングなのかはわからないけど、私の知らない白玖がいるのを今さら思い出してしまった。

　SILVER GHOSTが実在するのか見に行った日、白玖に話しかけていた女がいたのを覚えている。

　あのとき、笑顔で返してなかった? 興味ない相手とは一緒にいないってのが本当なら、あの子は付き合う対象になるってこと?

　大牙に言われたときにはサッパリわからなかった、『シャラシャラねーちゃん』というのが、ああいう女のことを指すのだとしたら、なんとなくわかる気もする。

　正直、顔までハッキリ見えたわけじゃないし、本当のと

ころはどうか知らないけど、キレイそうな女子だった。
　自分のことを棚に上げて、そんなことを思う自分にあきれる。
　さっき、白玖の過去の恋愛について、私が聞けることじゃないし、もし嫌な気分になったところで、それを伝えられるわけでもないと思ったばかりなのに、モヤッとした感情が胸に芽生えたのを、そのまま声に出してしまった。
「ごめん、なんでもない」
　嫌な声を出したことを反省しながら謝ると、ふいに白玖が身体を傾けた。
　きっと手が水にぬれて、ふさがっていたからだろう。苦肉の策という感じで、私の頭に触れた白玖のキスは甘く、妙に慣れていて。
　それがまた、モヤッとした気分を大きくする。
「急になんだよ」
「なんでもない」
「壱と話したこと、そんなに聞きてえのか？」
「そうじゃないし」
「姫乃に対して最初はなんとも思ってなかったってとこか？」
「ホントなんでもない」
「ラクってのが気に入らなかったとか」
「違うし、別に私……」
「怒っただろ？　隠すなよ」
　そう言われて黙ってしまったのは、間違いなく私は怒っ

ている自覚があるから。……いや、違う。怒っているわけじゃない。ただ、怒ってるときと同じ感情ってだけで、怒っているというのとは少し違う。
「もう、洗えた？　あとは私がするから」
「話逸らすな。大牙の話はウソだぞ」
「わかってるよ。別に気にしてないし」
　笑って『なんでもない』という顔を見せると、白玖がぬれたシンクに両手を付き、ため息をついた。
「なんだろうなぁ、疑われんのもそれはそれで違う気もすっけど、あんまアッサリ言われんのも違うよな」
「え？」
「俺ばっか好きみてえだろ。つっても、それは間違いじゃねえだろうし。でも、少しは俺のこと気にしろよとかも思うしで、自分でも意味わかんねえんだよ。だからって、疑ってほしくねえし。マジでなんなんだ？」
　それはまさに、今の私と同じだと思った。こういう感情は支離滅裂で、自分の手に負えるものではない。
「姫乃を手放す気がねえのはウソじゃねえし、最悪、俺だけが好きでもいいとは思ってっけど、不安がねえのかって言ったら、それもウソで、逆にそれしかねえんだよ」
　白玖は、本当に思ったことを口にする男だと思う。矛盾している自分の感情も、不安な気持ちも、こうして全部言ってくれるとわかりやすい。
「だから、思ったことは言ってくれ。隠されると、気になって仕方ねえ」

そんなふうに言われると、これ以上隠すのは難しく。
「……白玖が、今まで興味ない相手とは一緒にいなかったとしたら、反対の相手もいたんだなって。興味があって、付き合おうと思う相手がいたんだな……って、ちょっと思っただけ」
　本当は、ちょっとでもないんだけど。それがどんな女子だったのか気になる。
「いて、当たり前なのはわかってる。私だって……ていうか、私が言うなってことなんだけど……でも、そう思ったの」
　そう思う相手が私以外にもいたことが嫌だと思うから。
「ふーん」
　勇気を出して自分の気持ちを言ったのに、やけに軽く返事をされる。
　どうでもいいなら聞かないでよ、と思い白玖の方を見ると、その顔は笑っていて……。
「お前が言うな」
「わかってるよ。だから言いたくなかったのに白玖が……」
「教えてやろうか？」
「え……」
「俺がどんな女と付き合ってたのか。別に隠すことでもねえしな」
「いい。私は知りたくないし」
「俺は知ってんのに？」
「だからそれは……」
「なあ」

「わかってるよ、勝手なのはわかってる──」
「キスしてえんだけど」

　突然のキスしたい宣言に、どこでどうなればそういう展開になるのかと思っていると……。
「断んなら、制限時間２秒な」

　え、２秒って……。

　あまりに短い時間では、断るもなにもなく。
「待っ──」

　それを言うのが精いっぱいだった私の唇は、白玖のキスにアッサリとふさがれた。

　ホントに２秒だった？とか。断っていたら本当にしないつもりだった？とか。水を止めたほうがよくない？だとか。

　いろいろ思うことはあっても、角度を変えてキスを深められると、それに応えたいという気持ちのほうが強くなってくる。好きって、唐突に湧いてくる感情なんだと思った。

　お互いに手がぬれているせいで唇だけが触れ合っている状況では、逃げることくらい簡単なのに。

　私の背に合わせて屈んだ白玖の髪が頬をなで、互いの唇が離れる。
「慣れたキスすんな。ムカつくだろ」

　そう言った白玖は、ムカつくと言うわりに、怒っているふうでもない。

　こういうとき、私はとっても落ち着かない気分になる。今したキスの瞬間より、優しい空気を出されることのほうが、胸をざわつかせるから。

「……白玖って、ときどきビックリするくらい優しいときあるよね」
「ときどきかよ」
「優しいっていうか、そういう空気なんだけど、それを出してくるよね」
「んな空気出してねえよ」
「出してるし。しかも、いいこと言ってないときに限って出すよ」
「なんだそれ」
「前も──」
「壱が、姫乃も連れてこいってよ」
　私の言葉を遮るように、白玖が唐突にそんなことを口にする。
　連れてこいって、どこに？
　いったいどこに行くのかわからず黙っていると、手に付いた泡を流しながら。
「暴走な、連れてくればいいってよ」
「暴走……？」
「ああ」
「私も行くの？」
「壱は、そう言って──」
「やめとく」
「そうか」
「SILVER GHOSTが嫌なんじゃないよ？　そうじゃなくて、ウワサの的に──」

「わかってる」
　優しくそう言った白玖が、ぬれたままの手で私を横から抱きしめる。
「優しいなんて言われたことねえよ」
　抱きしめる腕から、触れ合う身体から、ささやく声から、すべてから優しさが感じられるのに、言われたことがないなんて……。
「ウソ」
「ウソじゃねえよ。もしそう思うなら、姫乃だけにはそうなのかもな」
　私だけには……。
　それなら、ずっとそうであってほしいと思った。
　他の誰でもなく、私だけが白玖を優しくできるのなら、それはそれでうれしいし、幸せな気持ちになれたから。

「姫乃ちゃん！」
　道端でそう言って声をかけられたのは、夏休みも残りわずかになった８月の終わり。
「真緒ちゃん、久しぶり」
　本当に久しぶりに会えたので、うれしくなり立ち止まると、自転車に乗っている真緒ちゃんも、ブレーキをかけて私のそばで停まった。
「え、髪形変わってるっ」
「そうなの。伸びてきたし、今切ってきたとこ」
　ショートだった髪も、何ヶ月も経った今では、切りそろ

えると短めのボブにできるくらいにはなっていた。
「かわいいよ。似合ってる」
「ホント?」
「ホント、ホント」
「真緒ちゃん、どこか行くの?」
　私が聞くと、自転車から降りる真緒ちゃんが笑った。
「もう、行ってきた帰り。それより、姫乃ちゃんに会いたかったの」
「私も真緒ちゃんに会いたかった。ケータイの——」
「番号でしょ?　もう、そうなの。私、どうして聞いておかなかったのかって、ずっと思ってた」
　そう言って笑う真緒ちゃんと私は、どうやらまったく同じことを考えていたらしい。
「家わかんないし、真緒ちゃんと連絡取れないってね」
「そうそう、私も姫乃ちゃんにどうやって連絡取るの?って、何回も思ったよ」
　何度も途中まで一緒に帰って、お昼も一緒に食べていたけれど、それ以外で連絡を取るということをしなかったせいで、お互い連絡のできない状態で夏休みに入っていた。
　夏休み前の最後の2日間、私が白玖を避けるために学校を休んだから、余計にそうなったんだと思う。
　時間があると言う真緒ちゃんと、少し話そうということになり、ファーストフード店へと入りジュースを買う。
　空いた席に座り、ジュースを飲みながら話す。
「ていうか、もう夏休み終わるよね」

「ホントだね。姫乃ちゃんと、まったく遊んでないまま終わる。ていうか、姫乃ちゃん、イメージ変わったね。髪形のせいかな」

　新しい私の髪形がよほど気になるのか、角度を変えて見ながら真緒ちゃんが笑う。
「そんなに変わった？」
　私が聞くと、うーんと考え込むような顔を見せ。
「髪形じゃないのかも。姫乃ちゃん、前より明るくなった気がする」
「そう？」
　自分ではそんな自覚はない。
「うん。やっぱ明るくなった。前は話しかけないでオーラ出まくってたしね」
　出しまくっていたつもりもないけれど、少しはあったから否定できないでいると、真緒ちゃんが「それより」と話題を変えた。
「休み前、大丈夫だった？　私、心配だったんだけど、それこそ連絡できなくて」
「うん、全然。ごめんね」
「御影くんが姫乃ちゃんのことを私に聞いてきたけど、こっちが聞きたいしって思ってたよ。あ、でも言ってないからね」
「言ってない？」
　思わず首をかしげると、真緒ちゃんが『忘れたの？』というような顔を見せた。

「ほら、元彼に会ったことだよ。内緒って約束だしね。御影くんには悪いけど、黙ってた」

 言わないでいてくれたんだ……。

 真緒ちゃんの優しさに心が温かくなっていると、「まあそれはいいんだけど」と、笑いながらまた話題を変える。
「最近、姫乃ちゃん、どうしてたの?」

 どうって改めて聞かれると、この夏休みの間、基本、白玖の家しか行ってない気がした。
「聞きたい?」

 少し意味ありげに言うと、真緒ちゃんは興味津々でテーブルに肘を乗せた。
「うん、なに、なにかあったの? あ、まさか元彼とまた付き合うことにしたとか?」
「ううん。嵐志とはあの日以来、会ってないよ」
「そうなんだ」
「今は毎日、白玖と遊んでる」
「ええっ、御影くんと?」
「うん」
「じゃあ、付き合ってる……ってこと?」
「うん。まあ、そうなるかも」

 自分で断言するのもなんだか恥ずかしく、曖昧な言い方をした私に、真緒ちゃんがうんうんと笑いながらうなずく。
「そうなんだ。御影くんと、か。あの人じゃなくて、そうかぁ、御影くんか」
「え、ダメ?」

「ダメじゃないよ。姫乃ちゃんが、御影くんがいいなら、全然いいと思う」

そんなふうに言ってくれる真緒ちゃんが、今度ははぁとため息をついた。

「そうかぁ、付き合ってるんだ。なんか、いいなぁ」

どこかうらやましそうにつぶやく真緒ちゃん。

本当は、人にうらやましがられるような恋愛じゃないのはわかっている。

だからといって、それを真緒ちゃんに説明するとなると、DEEP GOLDだとか、SILVER GHOSTだとか、真緒ちゃんと無縁の暴走族について話さなければいけなくなる。できればそういう部分は、詳しく言わなくてもいいんじゃないかと思うから。

「ねえ、真緒ちゃんは？　好きな人とかいないの？」

ふと思っただけなので、特別答えを期待していたわけじゃないんだけど。

「いる……」

「え？」

「いるけど、全然ダメ。私とか論外だし」

そう言った真緒ちゃんはジュースに視線を落とし、ストローをくわえる。

「え、いるの？」

「うん」

「誰？」

私が聞くと、真緒ちゃんは小さくため息をついた。

「笑わない?」
「なにを?」
「私の好きな人」
　笑うような人が好きなの?
　さっぱりわからず、真緒ちゃんを見ていると、視線を落としたまま小さく笑った。
「満島くん」
「え?」
「言わないでね」
「え、ちょっと、待って。満島くんって……大牙?」
　まさかの名前に、本気で驚く。
「ずっとね……中学から好きなの」
　衝撃的すぎて、なにを言えばいいのかもわからない。もし大牙ではなく壱だったら、これほど驚かなかったかもしれない。
　だけどまさかの大牙だったから……。
　思わず真緒ちゃんの頭を見ると、今日もお団子が乗っている。
　私の視線に、考えていることがわかったのか。
「切らないよ」
「でも、大牙は……」
「わかってるけど、絶対切らない」
「どうして?」
「ショートにして話しかけられても、うれしくないから」
　それって、本気なんじゃないの。ビックリするくらい大

牙を好きってことなんじゃないの。
　正直、私には大牙のどこがいいのか、サッパリだけど、真緒ちゃんは本当に好きみたいで。
「ホントはね。姫乃ちゃんに最初話しかけたの、それもあったんだ」
「それって？」
「姫乃ちゃん、満島くんによく声かけられてたし」
　そんなふうに言われると、なんだか申し訳なく思えてくる。
　そうはいっても、私も好きで声をかけられていたわけではない。
　真緒ちゃんに、なんて返事をすればいいのかわからず黙っていると……。
「ジャマしようとか思ってたわけじゃないの。満島くんが姫乃ちゃんに話しかけてるの、ちょっとうらやましいなって」
「うん」
「だから、姫乃ちゃんがお昼に誘ってくれたとき、うれしくて」
　あのときの真緒ちゃんが、教室ではなく迷わず屋上を選んだことを思い出す。
「ごめんね」
「え、どうして真緒ちゃんが謝るの？」
「だって、姫乃ちゃんと仲良くして、満島くんに近づくとか……そういうの、本当はよくないことだろうし」

よくない、のだろうか。真緒ちゃんは、私に移動教室を教えてくれただけで、その後は私が誘ったんだし。それって、仲良くして近づくって感じではない気がする。
「真緒ちゃん」
「うん？」
「大牙のどこが好きなの？」
　そう聞いたのは、大牙のなにを見て、どこを好きなのかが知りたかったから。
「全部」
「全部？」
「そう、全部。バカみたいなこと言って、でも本当はバカじゃなくて、すっごくがんばってる満島くんが好き」
　本当にそう思っているのか、迷うことなく言う。
　だけど、私の知ってる大牙とは、なんだか違う気もして。
「大牙って、バカじゃないの？」
「うん」
「がんばってるの？」
「すっごくね」
「えっと……ごめん、そこよくわかんない」
　正直に私が言うと、真緒ちゃんがストローを指でつまみ首をかしげた。
「だって、勉強してるでしょ？」
　勉強してる？　誰が？
　いまいちピンとこないでいると、真緒ちゃんが私に視線を向けた。

「一番前に座ってるし」
　確かに大牙は、教室の一番前のど真ん中に座ってはいるけど。
「あれは、うるさいからって、先生があそこに座らせてるんじゃないの？」
　私はそう思ってた。
「違うよ」
「え、違うの？」
「うん。満島くんがあの席がいいって」
「えっと、どうして？」
　サッパリわからず聞くと、真緒ちゃんは視線をストローに戻した。
「満島くん、今の親に迷惑かけたくないから、勉強だけでもって思ってるんだよ」
　今の親って……。
「今の自分を育ててくれてる親に、すっごく感謝してるんだと思う。本当は遊びたいし、実際には遊んでもいるけど、感謝もしてるし迷惑もかけられないしで、せめて勉強はしようってね」
「待って、今の親って？」
「満島くんの親、実の親じゃないから」
　そうか、と思った。そうわかると同時に、ちょっと震えた。
　白玖だけじゃなく大牙だってSILVER GHOSTにいる。ということは、夜は白玖や壱と同じように大牙も遊んでい

るはず。

　だけど、大牙が授業中寝ているところを、私は見たことがない。前の席だし、寝ていると目立つから、くらいに考えていた。

　休憩時間は寝ていることもあるけど、どう思い出してみても、授業中に大牙が寝ている姿は思い出せず。
「満島くん、中学入る時期に、今の親に引き取られたんだって。それまでは施設にいたみたいなんだけど、里親っていうの？　その人たちが引き取ってくれたって」

　それは、いつか大牙が言っていたウソの話と似ていた。壱の話みたいにして言っていたことは、本当は自分の話だったのだと知る。
「だから、どれだけ遊んでても、勉強だけはしてるんだと思う。そうじゃないと、自分を引き取ってくれた今の親に、悪いと思ってるんだと思うよ」

　もしかしたら、それを先に知っていたら、私ですら大牙を好きになったんじゃないかと思えるほどの話に、胸が痛くなる。
「ね、がんばってるでしょ？」
「うん」
「だから、満島くんはバカじゃないの」
「ホントだね」
「そういう満島くんが、私は全部好き」
「うん」
「でも、ショートにして、そのときだけってのは嫌」

「そうだね」

「本当に好きなの。だから、絶対に嫌」

　驚くほど強い真緒ちゃんの想いは、いつか大牙に届くのだろうか。

　かわいくて、肌がキレイで、お団子頭が似合う真緒ちゃんは、とても優しいけれど、けっしてそれだけじゃない。ちゃんと自分の意思を持っていて、相手のこともよく見ている。

　口が悪くチャラくていい加減な大牙の内側をしっかりと見て、好きだと想っている真緒ちゃんは、とてもかっこいい。

　ファーストフード店を出ると、真緒ちゃんは私を自転車の後ろに乗せ、マンションまで送ってくれた。

　残りわずかだけど、１回くらいは夏休みの間に遊ぼうと約束して、別れる。

　私は真緒ちゃんに聞いた衝撃的な話を抱えたまま、白玖の家へと向かった。

　チャイムを鳴らして、玄関を開けて中に入る。

　今日は髪を切りに行くからと言ってあるので、待っているはずの白玖にとにかく会いたかった。

　リビングに入ると、テレビを点けたままソファで寝ている白玖が目に入る。

　私は寝ている白玖の身体に抱きついた。どうしてそんなことをしたのか自分でもよくわからなかったけど、とにかくそうしたかった。

白玖の胸の音が聞こえる。
　それをもっと聞きたいと思い、胸に頭を押しつけると、一瞬身体を硬くした白玖が静かな声を出した。
「寝込み襲うなよ」
「白玖」
「ん？」
「会いたかった」
　そんな言葉が自然と口から出たのは、今知った抱えきれないほどの感情を、白玖に少し引き受けてほしいと思ったのかもしれない。
「なんだよ」
「聞いたの」
「なにをだ？」
「大牙のこと……あの話、本当だったんだね。親に捨てられたって話……」
　私がそう言うと、白玖が深く息を吐いたのが、頭を押しつける胸から伝わってきた。
「そうだな」
「大牙はウソばっかだと思ってた」
「まあ、壱のことにしてる時点でウソなんだけどな。でもあいつのウソは、100パーウソってわけじゃねえんだよ」
　だから妙にリアルな話が多いんだ。少しだけ変えて話すから。
「じゃあ、あの話は？」
「どれだ？」

「"ただイケ"の彼女の話」
「あれは、壱のことだ」
「え？」
「壱は、ずっとその女が好きで、毎回自分のとこに戻ってくんのを待ってんだよ」

　そうだったんだ……。だから壱に言わせると、私のスタイルはまあまあ以下なのか。だって、外見が超絶にいい女子を身近で見ている壱にすれば、私がまあまあまでいってないのは当たり前だろう。

　そういえば、"ただイケ"の彼女の話を聞いたとき、壱は、白玖にそんな女はいないと言った。白玖にはいないけど、自分にはいるってことを言わなかっただけ。

　親に捨てられた話のときも、壱は確か『情がなにかわかってねえのは、俺じゃねえ』と言っていた。

　ショートの女子が好きだけど、浮気もする大牙こそ、誰もが持っている愛情ってのがなにかわかっていないのかもしれない。

「転校してきた姫乃に、大牙は話しかけただろ？」

　確かに、クラスで最初に私に話しかけたのは大牙だった。

「大牙は、最初からお前を構ってただろ？」

　確かに、構ってた。それもうっとうしいくらいに。

「あいつは、相手が誰でも、ひとりのやつを放ってはおけないんだよ」

　転校初日、笑顔で手を差し出してきた大牙を思い出す。

「姫乃が金城に捨てられて、前の学校で誰にも相手されな

くなったってのを聞いて、よりそう思ったんだろうな。だから、あいつはずっと姫乃を放ってはおかなかっただろ？」
　本当にそうだった。お昼に付いてきて、ことあるごとに声をかけてきた。
「あいつの中での姫乃は、孤独から助けてやりたいと思う相手だったんだよ」
　うるさいけど、けっして無視をしない大牙がいる限り、孤独なんて感じるヒマもなかった。
「ある日突然、信じてたものに裏切られる絶望や孤独を、あいつは嫌ってほど知ってるからな」
　そんな話を聞かされると、嫌でも泣けてくる。
　大牙が経験した絶望と孤独は、彼氏やその周りに裏切られたなんて生やさしいものじゃない。きっと今の親に引き取られるまでは、生きる意味さえ失っていたんじゃないかと思った。
　だからこそ、大牙は寝る時間を惜しんで勉強するのだと思う。今、自分の居場所を与えてくれる親に、本当に感謝しているから。
　大牙が生まれたとき、どれだけかっこいい名前を付けていても、結局は捨てるような親ではなんの意味もないのだから。
「壱もそうだ」
　白玖の胸から聞こえる声が、ダイレクトに私に響く。
「お前が俺を避けた日があっただろ？」
　あった。白玖を避け、家を早く出たあの日。

「あのとき、どういうことか状況がわかってなかった俺に、壱が言ってきたんだよ。姫乃はもしかしたら金城とヨリを戻す気なんじゃねえかってな」

　あのときの壱は、確かになにかを感じた様子だった。

「それを聞いて、俺は、金城と姫乃が最近会ったかどうかを調べたんだよ」

　私の休んでいる２日の間に、白玖はそれを調べていたということ。そして会ったことを知り、その後、私に見張りを付けた。

「でもな、壱はそういうつもりで言ったんじゃねえんだよ」

「え？」

「もし姫乃が金城の元に戻りてえと思ってんなら、族は関係なく好きにさせてやれってな」

「壱が？」

「そうだ。あいつは知ってるからな。気持ちがねえ相手と無理やり一緒にいるほど、むなしいものはねえってのをな」

　そういうことか……。

「俺がお前を止めに行った日も、実は壱も一緒だったんだよ。でもあいつ、姫乃の意思で行くなら放っておいてやれって」

　そうだったんだ。

「それでも俺は行くって言ったから、好きにしろって怒って帰ったんだよ」

「怒ったの？」

「そうだ。あいつは自分の女でも、行きたがれば、他の男

のところに好きに行かせるやつだからな」
　そんな壱は、切なくツライ恋を誰よりも知っている。
「無理やり一緒にいても誰も幸せになれねえってこと、あいつはわかってんだよ。目の前で他の男のことを考えてる女を見てんのは耐えらんねえってことを、あいつが誰よりも知ってるからな」
　だけど、それでも壱はその彼女が好きなのだ。やめられるなら、とっくにやめているんだと思う。
　大牙の言うように、壱の想いは他人には到底(とうてい)理解できるものじゃない。
　だけど、それでも、やっぱり彼女が好きだからこそ、戻ってきた彼女を、バカみたいに受け入れてしまう。負のスパイラルに陥っていることも、ツラさしかない恋だということも、全部わかっていて。
　静かな壱にそんな感情があるとは想像もできないけど、彼女への想いにウソはない。
「そんな考えのあいつにすると、姫乃が金城を選ぶなら、俺の気持ちを押しつけることは反対でしかなかったんだよ」
「そうだったんだ」
「姫乃」
「うん？」
「お前は最初からずっと、大牙や壱にとっては松井姫乃だったんだよ」
　松井姫乃。

ここのみんなが知っている、私の名前。
　私が誰でも、大牙は放っておかなかったし、壱は気持ちを尊重してくれたし、真緒ちゃんは約束を守ってくれた。
「お前のこと、ゴールドの姫だと思って見てたのは、もしかしたら俺だけだったのかもしれねえな」
　本当に、そうかもしれない。
　この先もし白玖と別れるようなことがあっても、きっと大牙は私の存在を無視することはなく、壱も私の気持ちを切り捨てることはない。真緒ちゃんだって、今日と同じように自転車の後ろに乗せてくれる。
　嵐志の彼女じゃなくなった途端、無視した人たちとは違うから。
「私、大牙のこと好き」
「……そうか」
「壱のことも」
「……あぁ」
「でも、白玖が一番好き」
　こうして受け止めてほしいと思う相手は、やっぱり白玖じゃないとダメだと思うから。
　寝転んだ体勢のまま、胸に抱きつかれてる白玖が、私の頭をクシャッとなでる。
　その手から、私を包む身体から、存在のすべてで優しい空気を出している白玖が好き。
「切ったんだろ？」
「うん。もうショートじゃないよ」

「これじゃあ見えねえよ」
「白玖」
「ん?」
「私、ここに引っ越してきてよかったよ」
　心からそう思った。
　白玖がいて、大牙がいて、壱がいて、真緒ちゃんがいてくれる。たったの4人だけど、本当の私を見て知って、それぞれのやり方で大切にしてくれる。
　それだけで、私は強くもなれて、安心して弱くもいられるのだから。

第8章
拉致

『その話、ホントかよ』
『ああ。ゴールドにすっと、颯太さんまでやられたとかシャレになんねえぞ』
『お前ら、声落とせって。この話は、まだ誰も知らねえんだしよ』
『颯太さんって副総だろ？　そんな人までやられるって』
『最近、俺らの周りもなにあるかわかんねえし、外も歩けねえって言ってるぞ』
『ゴールドが負け認めるまで追い込むつもりなんだろ？』
『このまま学校始まったら、どうなるんだよ。今よりひでぇ状況になるよな』
『いや、マジで怖ぇーよな。あんなやり方されっと、そりゃ勝ち目ねえぞ』
『メンバーの女、片っぱしから拉致られてんだろ？　ゾッとするな』
『つーか、こうなってくると、姫もヤバイよな』
『姫も、じゃねえだろ。姫が目的なんじゃねえのか』

　　　　　　　＊　＊　＊

「は？　なに、お前らまだヤッてねえのかよっ」
　夏休みも終わり、そろそろ前期も終わろうとする頃。
　秋晴れの空が気持ちいい、屋上でのお昼どき、大牙の驚いたような声に私も驚いた。
　そういうことって、大声で言うこと？　しかも真緒ちゃ

んもいるというのに、信じられないほど下品なんだけど。
　大牙の過去を知って、そのときはさすがに見直しもしたけれど、だからって普段の大牙が変わるわけでもなく。
「そういうこと、言わないでよ」
「いやいや、ヤッてねえってどういうことだよっ！」
「うるせえ」
　うんざりした顔を見せる白玖と、本気で驚いた顔を見せる大牙。
「うるせえじゃねえぞ。おい、白玖。だったら、なにしに姫乃と付き合ってんだよ」
「好きだからに決まってんだろ」
　好きだからって……。
　そういうことをストレートに、みんながいる前で言うのはやめてもらいたい。さすがに恥ずかしいんだけど。
　そんな私の繊細な乙女心は完全に無視され……。
「はあ？　好きだから？　付き合ってる？　でも、ヤラねえ？　夏休みほぼ毎日、家に連れ込んでおきながら？」
　とってもうっとうしい言い方をする大牙が、空を仰ぎ見る。
「それ、なに発想なんだよ。小学生かよっ！　逆に新しいぞ！」
　逆に新しいらしい付き合い方だとしても、関係のない大牙がどうして口を出してくるのか理解できない。
「おい、姫乃」
　呼ばれるので、仕方なく大牙の方を見ると……。

「別れろ。今すぐ白玖とは別れろ。んで、もう１回ショートにして俺と付き合え」
「バカじゃないの」
「バカはどっちだよっ、お前ら、いったいなに考えてんだ？」
　別になにも考えてないし、逆に考えていないからこそ、今までしなかったとも言えるのに。
「ははぁん、わかったぞ。そうか、そういうことか」
　なにがそういうことなのかわからず、誰もが無言でいると、大牙が隣に座っている白玖の肩に腕を回した。
「まあ、そうだよな。いざとなったら思うよな。いや、わかるぞ。その辺、男はデリケートだもんな」
「なんの話だよ」
　白玖がうっとうしそうに腕を払おうとしても、めげずに腕を回す大牙が、訳知り顔でうなずく。
「そりゃあ、金城がヤッた女ってなると、手も出しにくいよな」
　信じられないことを平然と言いだす大牙に、誰もが返す言葉もない中、さすがにそれはないと思うのか、壱があきれた声を出した。
「それ言えるお前って、本気で最低だな」
　ひとりを除く全員がそのとおりだと思っているのに、大牙はそんな空気はお構いなしでしゃべり続ける。
「無理すんな、白玖。もういいんじゃねえか。お前もがんばったと思うぞ。だからもういい、別れろよ、な？」
「お前、殺すぞ」

ホント、そうしてもらいたいと思うのは、けっして間違ってないと思う。
　一番口にしちゃいけない話題を、一番言っちゃいけない相手に言うなんて……。
　大牙の神経がわからず、ただただ驚いていると、壱がため息をついた。
「お前のゲスさは、エグいな」
「エグいってなんだよ。ゲスだのエグだの言うな。つーか、言っとくけど、俺なら即、ヤるぞ。すぐだ。まったく問題なくヤれるしな。姫乃が今まで誰とヤッてようと、んなこと気にもなんねえよ」
　エグってなに？と思いながらも、とにかくこの話題は無視しようと、コンビニのおにぎりを黙って食べる。
　デリケートすぎる話題について、私が言えることなどなにもない。白玖がどう思っていようと、私からそのことについて触れられるような話ではないのだから。
　そもそも、そういう話題を女子の前で平然とできること自体が考えられないんだけど……。
「最低」
　小さくつぶやいたのは、私の隣でお弁当を食べている真緒ちゃん。
「はあ？」
「満島くんって、ホント最低……」
　いくら大牙を好きでも、さすがにこれはどうかと思ったのだろう。

「うるせえ、小池。お前に関係ねえだろ」
「じゃあ、満島くんにも関係ないよね」
「はあ？　俺に文句あんなら、そのボールなんとかしてから言えよ」
「髪形こそ関係ないんじゃないの？」
「うるせえんだよっ」
　好きな男にうるさいと言われた真緒ちゃんが、大牙の視線を避けるように横を向く。
「付き合ってすぐにそういうことするような男の人より、そうじゃない御影くんのほうがずっとかっこいいし」
　真緒ちゃんが、女子の本音を正論で言ってくれる。
　その通りだと思っていると、大牙がなぜかア然とした顔を見せた。
「じゃあ、いつならいいんだ？」
「え？」
「すぐじゃねえなら、いつすんだよ。１週間？　２週間？　それとも１ヶ月後なのか？　いつならいいんだよ」
「そんなの、知らないし」
「知らねえのに言ったのか？　お前、ふざけんなよ。知りもしねえ情報、わかったふうに出してくんなよっ！」
　怒るところ、そこなの？
　そうは思っても、相手は大牙なので、まともに取り合っても仕方ない。
「別に、んなんじゃねえよ」
　ふいにそう言ったのは、白玖。

「なんとなく、その流れにならなかったってだけだ」
　確かに白玖の言うとおりで、家にいても一緒に料理をしたりテレビを見たりと、ノンキな時間が多かったってだけで、意識してしなかったわけではない。
「だから、それがどうなんだって話をしてんだよ。流れは自然発生しねえだろ。エロは自然現象じゃねえぞ。流れは作るもんなんじゃねえのかよ」
　そう言った大牙が、バカじゃねえのか、という顔を見せる。
「それは、そうかもな」
　なにを思ったのか、壱が突然納得したようにうなずいた。
「だろ？　みろ、女運が最強に悪い壱ですら、そう思うんだよ。つーことで、ヤれ」
　隣の白玖を見て、そんなことを強要する大牙。
「今日ヤれ」
「するかよ」
「いや、ヤれよっ」
「なんでお前が決めんだよ」
「いいから、とりあえずヤッとけ。次のタイミングは、お前の好きにすりゃいいんだしよ」
　言い分がサッパリ理解できない。最初のタイミングこそ、自分たちで決めさせてよ。
　とは思っても、大牙にそれを言うとまた面倒な話になりそうなので、口をつぐむ。
「姫乃、今日、お前は白玖んちに泊まれ。どうせ明日休み

だしな。白玖は今日の暴走来なくていいしよ。とりあえずヤッてから……」
「今日は無理」
　私がそう言うと、大牙がため息をついた。
「なんだよ、それ、ヤる気ねえのかよ」
　ヤる気もないけど、それだけじゃない。
「今日の夜、出かけるの。親と食事に行く約束してるから」
　今日は松井さんが仕事が終わるのが早いとかで、一緒に食事に出かけるから早く帰ってこいと、朝、母親に言われている。
「白玖、暴走行くでしょ？」
　私が聞くと、白玖は「そうだな」とうなずく。
「それなら遅くなるだろうし、明日電話するよ」
「俺がする」
「うん、わかった」
　白玖にうなずいていると、隣にいる大牙がガッカリしたように頭を落とした。
「もういいぞ。お前ら、もうすんな。この際、ヤラねえ付き合いでどこまで行けんのか、試してみろ」
　どうして、今日するのか、もうしないのか、のふたつしか選択肢がないの？
　そうは思っても、こういうことは女子が決めることでもないので、私はなにも答えなかった。

「満島くんって、ホントありえないよね」

帰り道、昼の話を思い出したのか、真緒ちゃんがつぶやく。
「まあね、でも、あれが大牙だし」
　悪気があるのかないのかサッパリわからないけれど、例え悪気があっても『だからなんだ』と開き直られて終わり。
　てことは、いちいち腹を立てるだけ無駄なわけで。だからこそ、白玖も壱も、大牙の話はいつも適当に流している。
「でもさ、実際どうなんだろうね」
　ふいに真緒ちゃんが言うから、思わず首をかしげる。
「実際？」
「うん。御影くん、ホントは気にしてる、とかあるのかな」
　やっぱ、ある……のかな。
　今まであまり考えたこともなかったので気にもしていなかったけれど、改めて指摘されると、そうなんじゃないかと思えてくる。
「してないって言えば？」
「え？」
「前の彼氏と……」
　真緒ちゃんなりに考えてくれての提案なのだろうけど、さすがにそれは無理がある。
「それは、どうかな」
「やっぱり？」
「うん。ていうか、大体聞かれてないし」
　こういうのって、本当にデリケートな話だと思う。
　聞かれもしないことを、自分から言って、しかもウソを

つくなんてのは白々しいにもほどがある。かといって、大牙があんなふうに言っているときに、していないなんてウソをみんなの前でつくのも変だし。
　その結果、したと口に出して言ってないにも関わらず、暗黙の内に認めている状態になっているわけで。
　大体、相手は嵐志。普通に考えて、暴走族の総長と付き合っていながら、なにもしなかったって話が通用しないことくらいわかる。
　だけど世の中には、友達の彼女と付き合った、なんて人もいっぱいいると思うんだけど……。
「やっぱ、嫌かな？」
　思わずそう聞くと、真緒ちゃんが「よくわからないけど」と首をかしげる。
「聞いてみれば？」
「ええ、聞くの？」
　そんなこと聞けない、と思っていると、真緒ちゃんが笑って言う。
「御影くん、姫乃ちゃんには優しいし、そういうのを聞いても怒らない気がする」
　まあ、そう言われてみれば、そんな気もするけど。
「それに姫乃ちゃんたち仲良しって感じするし、ふたりの間で、聞いちゃいけないことがあるようには思えないけどなぁ」
　確かにそうかもしれない。そもそも白玖にすると、こんなことはわかりきっていて、それでも私なんだろうし。

「でもさ、いいよ。別に私、そんなことがしたいわけじゃないし」
「まあ、そうだね」
「白玖が言ったみたいに、ホントにそういう流れにならなかっただけってのもあるし」
「そうなんだ」
「大体、そんなことよりも、ふたりでいるだけで楽しいし」
「うん」
「それこそ仲良しって言うの？　そういう時間があれば私は幸せだし……」
「私はしてみたいけどな」

　真緒ちゃんの意外な言葉に、思わず隣を見ると、ハッとして視線を逸らす。
　そんな姿は、つい本音が出たことに慌てているように見えた。
「今のは、違うの……」
「うん」
「変なふうにとらないで」
「うん」
「そうじゃなくて……」
「真緒ちゃん、大丈夫だよ？　なにも思ってないよ」
　焦っている真緒ちゃんをフォローすると、少しあきらめたようにため息をこぼした。
「ウソ、ホントはしてみたい」
　それは、片想いをする女子の本音なのかもしれない。

「そういうことをとにかくしたい、とかじゃないの。大体、私したことないし、なにするのかもわかんないし」
「うん」
「でも、そうじゃなくて……そういうことをして、満島くんに今よりもっと近づけるなら、してみたいなって思ったり」
「うん、わかる」
「ほら、私の知ってる満島くんって、すっごくがんばってて、でも無神経なこと言って、ときどき最低で意味不明なの」
「だね」
「だけど、それ以上は私、知らないでしょ。学校で会って、お昼を一緒に食べてるけど、どこまでいってもそこまでなの。学校に来る満島くんを知ってるってだけ。それって、本当の満島くんを知ってるって言えるのかなって」

　真緒ちゃんの言いたいことは、なんとなくわかる。すべてを知っているのと、そうじゃないのとでは、きっと大きく違う。好きな相手の全部を知りたいと思うのは、当たり前の感情だと思う。

　そういうことをしたからって、"知る"ということにはならないかもしれないけど、少なくとも"知らない"にはならないわけで。

　でも、逆にそういうことだけをして、あとは知らないなら、それも同じなんじゃないかとも思う。

「でも、ダメ」
　私がそう言うと、真緒ちゃんが、「なにが？」という顔

をするから。
「今の大牙はダメ。もし、そういうことしても、きっとわかんないと思う。真緒ちゃんの気持ち、大牙に伝わらないと思う」
　本当は『大丈夫』って言ってあげたいけど、大切な友達にウソをついても仕方ないから。
「もったいないよ。そんなに好きなのに、伝わらなかったら意味ないし」
「姫乃ちゃん……」
「髪も切らないし、そういうこともしない。真緒ちゃんは、それでいこうよ」
「なにそれ」
　クスッと笑う真緒ちゃんは、とってもいい子で、かわいいんだし。
「それでも真緒ちゃんがいいって大牙が思うまで、待とうよ」
「待っても、なんにもならないよ」
「でも、待ってたんじゃないの？」
　中学から今まで、気持ちを打ち明けることなく、ずっと好きだったのは、そういうことなんじゃないの？
「それも、そうだね」
　笑顔でうなずいた真緒ちゃんの想いに、大牙が気づく日が来るといいな、と心から思った。

　その日、私は親との外食を断った。

松井さんは残念がっていたけれど、無理に私を連れていこうとはしなかった。
　別に大牙の言うとおりに、今日なにかしようと思ってるわけじゃない。だけど真緒ちゃんの言う、もっと知りたいという気持ちが、私にもないわけじゃないから。
　親を見送ってから、白玖の家のチャイムを鳴らす。だけど誰も出てこない。すでに暴走に行ったのかもしれない。
　とりあえず軽くなにか食べて、白玖に電話をしてみよう。
　そんなことを考えながらコンビニへ向かっていると、ふいに1台の車が私のそばに付いた。
　見たことのある車だなと思っていると、車の助手席の窓が開く。
　運転席からこちらをのぞく男には、見覚えがあった。
「姫乃ちゃん、だよね」
「はい……」
「どこ行くの？」
「コンビニに」
「そう。乗せてくよ」
「え、いいです」
　あの日、白玖が私を引き止めに来た日と同じ車を運転する男が笑顔を見せると、後ろのドアが開いた。そして、同じくあの日、私を見張っていたという男の人が降りてきた。
「つーか、白玖に言われてんだよ。ひとりで出歩かせないようにって」
　そうなの？　知らなかった。

「え、今でも見張ってるんですか？」

思わず聞くと、降りてきた男が曖昧に笑う。

「まあ、その辺はね。とりあえず乗って。でねえと後でなに言われっかわかんねえし」

そう言われてしまうと、無視もできない。

それにしても、暴走族の総長って、どうして人を使ってまで自分の彼女を歩かせようとしないのかよくわからない。

まあ、後で白玖に文句を言えばいいかと思いながら、深く考えることをしなかった私は、言われるまま車に乗り込んだ。

私が運転席の後ろまでずれると、隣に乗ってきた男がドアを閉める。

「悪いね……」

小さくつぶやかれた言葉に隣を見ると、男が私から視線を逸らす。その視線の動きに、多少の違和感を感じたとき、車が走りだした。

「白玖に電話して、言っとく？」

運転する男に聞かれて、どちらにしても電話しようと思っていたので、スマホをポケットから取り出すと、ふいに隣の男が私の手から取り上げた。

「え……？」

「マジでごめん」

謝りながらも、取り上げたスマホを運転する男に渡す。

運転する男の手で、ダッシュボードにアッサリと放り投

げられる私のスマホ。
「え、ちょっと返して……」
「悪いな」
「あの、え、コンビニ、そこ……」
　窓の外で、通り過ぎていくコンビニ。
　嫌な予感がして、改めて隣の男を見ると……。
「悪いとは思ってる。でも、こっちもシャレになんねえ状況なんだよ」
　赤信号で減速する車のドアを開けようとしても、ロックがかかっている様子もないのに開かない。
「なに……どこに……」
　怖くなり、小さくつぶやいても、誰も答えてはくれなかった。
　何度もドアを開けようとしても、ビクともしない。「降ろして」と懇願しても、聞いてもらえない。前に放り投げられたスマホを取ろうとしても、男に阻止される。
　恐怖と闘いながらも、自分なりに考えられる逃げ道はすべて試してみたけれど、隣に男に座られていては、なにをやっても意味がなかった。

　いったいどこに連れていかれるのか、そこでなにが起こるのか、どうして親と一緒に出かけなかったのか、どれも答えのないまま、着いた先は初めて見る場所だった。
　港のそばにある静かな倉庫街。
　車が停まった前には、チカチカと点滅する看板が掲げら

れた、小さな店の扉。
　倉庫街の隙間でひっそりと営業しているという感じの、バーのような店は、古そうに見せているけれど、本当に古いのかどうかはわからなかった。
「姫乃ちゃん、降りて」
　抵抗する私の腕を隣の男がつかみ、車から降ろそうとする。
「ヤダッ……」
　なんとかして逃げようと暴れていると、店の扉が開き、見知らぬ男が数人出てきた。
　ウソでしょ……。
　中からは絶対に開かなかったはずのドアが、外からアッサリと開けられる。
「ご苦労さん。お前らはもう帰っていいぞ」
「俺らの女は……」
「あー、それは明日返す。こっちの用事が終わるまでは、お前らに黙っててもらわねえとな」
「明日って……ホントになにもしてねえんだろうなっ」
「するかよ。もう俺ら、女には飽きてんだよ」
「ふざけんなっ！」
　そう言って、隣に座っていた男が、私を車から引きずり出そうとしている男になぐりかかろうとする。
　それを運転席に座っていた男が止めた。
「やめろ」
「放せよっ！」

どうやら、私をここまで連れてきたふたりは、けっして喜んでというわけではないらしい。
　店から出てきた男たちが、ふたりを囲むようにして、なぐる瞬間が見えた。
「おとなしくサッサと帰れ。女が大事なんだろ？」
　人がなぐられる嫌な音と、非情な言葉。
　ふたりとは引き離された私は、店の中へと連れ込まれた。
　状況を頭で整理する間もなく、無理やり奥へと連れていかれる。
　いくつかのボックス席と、カウンターだけの店は、表から見た印象よりは広く感じられた。
　天井からぶら下がる、いくつかの淡い明かりのライトが、店の中をブルーに照らす。カウンターには、ありとあらゆるカクテルのビンが並べられていた。
　壁には黒地の大きな布が、ぶら下がるように張りつけられている。
　真っ黒の生地には、スワロフスキーで縁どったダイヤモンドが無残にも砕ける様が描かれていた。ブルーのライトが、散りばめられたスワロフスキーをキラキラと光らせる。
　その様は、キレイではあるけれど、どこか殺伐としているようにも思えた。
　奥まで引きずられ、いきなり手を放されたので、私はその場で崩れ落ちた。恐怖に足が震え、頭が痛くなってくる。
　呼吸がうまくできず、息苦しさに涙があふれたとき、突然髪をつかまれ強引に上を向かされた。

「どうも、姫ちゃん。初めまして」

震える両手を床に付き、見上げた先にいたのは、初めて見る男だった。

「落ち着けよ、過呼吸になるぞ」

息が苦しくて何度も空気を吸おうとしていたことに気づく。

だからといって、やめることもできず、震えながらも必死で息をしていると、私を見下ろす男がふわっと笑った。

「ウワサどおり、かわいいな」

そう言った男は、こんな状況でなければ、けっして恐怖を覚えるような相手ではないように思えた。

長めの髪は少しだけ茶色く、男にしては線が細い身体からは、威圧感をあまり感じない。見るからに肌がキレイで、整った顔は、笑うとどこかかわいくも見える。

もしかして、年下？

そう思えるほど、その男から凶暴な空気は感じられなかった。

「ゆっくり息吐けよ」

いまだに呼吸が苦しく何度も息を吸う私に、優しく言ったかと思うと、突然私の目の前でしゃがみ込む。

「吐けって、な？」

すぐそばで見ても、やっぱり暴力的要素は感じないのに、私の髪をつかむ手が緩むことはない。

吐けと言われても、うまくできずにいると……。

「吐かねえなら、キスすんぞ」

驚くことを軽く言われて、逆に息が止まる。
　すぐにでもキスできる距離にいるのだと気づき、慌てて息を吐いた。
「そうそう、落ち着け」
　何度も息を吐いているうちに、さすがに呼吸が落ち着いてくる。
「……誰？」
　小さな声で聞くと、男はまたふわりと笑った。
「あ、俺？　知りてえ？」
　知りたいに決まってる。なにひとつ、状況がわかっていないのだから。
「俺はCrush Diamondって族の石破だ。クラダイ、聞いたことあるか？」
　Crush Diamondって確か……。
　前に、颯太さんが言っていた暴走族だと思い出す。
「……ある」
「そりゃよかった。俺が、そこの総長な」
　総長なんて雰囲気はまったくないのに、周りにいる男たちは笑うわけでもなく黙っているので、けっしてウソではないらしく。
「俺も姫ちゃんのこと、知ってる」
　知っていると言われても、ひとつもうれしくない。
　視線を外すことすら怖くて、ただただ男を見つめていると……。
「前はうまくだまされたんだよ。ホント食えねえ男だぞ、

な?」
　意味のわからないことを聞かれても、どう答えていいのかわからない。
「まあ、いろいろあんだよ。姫ちゃんにもわかるだろ? 族は面倒だよな。やられりゃ、やり返さねえと、メンツってのが保てねえんだよ」
「こんなことして……」
「どうなると思う?　DEEP GOLDが助けに来てくれるか?　それともSILVER GHOSTが許さねえとか?」
　思わず視線を逸らすと、男がふっと笑う。
「姫ちゃん、モテモテだよな。まさか御影まで落とすとはな。小悪魔(こあくま)にもほどがあんぞ」
　白玖を知っているらしい男の視線を避けたまま、ここに連れてこられた目的がいまいちわからないでいると……。
「どうせなら、俺も落とすってのはどうだ?　姫ちゃんなら、俺なんか簡単だぞ」
　別に白玖を落としたつもりなどないし、この男を落としたいとも思わない。
「……なにがしたいの」
「なにって?　もうしてる」
「え……」
「今ごろ、金城がこっちに向かってるはずだ」
「嵐志……が?」
　どうして嵐志なのか、サッパリわからない。
「それもひとりでな。助けに来ねえと、姫ちゃんがなにさ

れっかわかんねえだろ？」
　そういう本人がこの状況を作っているはずなのに、まるで他人事のように話をする。
　そんな男に得体の知れない恐怖を感じた。
　こういう人間は、いったいなにを考えているのかサッパリわからない。
「俺さぁ、あいつ嫌いなんだよな。ゴールドの頂点に君臨してる感、満載だしよ。メンバーに忠誠誓わせて、向かうところ敵なしって感じがな、心底気に入らねえんだよ」
　まるで仲のいい相手に打ち明け話でもするかのように、困ったという苦笑いを見せてくる。
「よくいるだろ、肌が合わねえってやつ。まさに、あいつがそれなんだよな」
　男は苦笑いのまま、私を見つめた。
「金城、姫ちゃんとヨリを戻したいんだってな」
　そのことが、今のこの状況とどう関係があるのかわからない。
「天下のDEEP GOLDの総長が、ヨリ戻してえ女のために、族の力借りずにひとりで敵地に乗り込むわけだ。しかも、やられんの覚悟でな。いい話だと思わねえか？」
　そんなのが、いい話なわけない。
「俺の気が済むまで金城をシメたら、後は好きにしていいぞ」
「好きにって……？」
「戻ってやればいいんじゃねえのか。姫ちゃん、愛されて

るみてえだしよ」
「そんなこと……」
「だよなぁ、できねえよな。なんてったって、姫ちゃんにはもう御影がいるしな」
「……やめて」
「つーか、最高だよな。ゴールドの総長が、ゴーストの総長の女を助けるために犠牲(ぎせい)になるわけだ。誰得なんだよって話だぞ」
　本当に誰も得をするとは思えない。
「これ考えた俺って、天才じゃね？」
　全然天才じゃないし、ありえない。
　そうは思うけど、言っていることが実際に起きるとなると、嵐志を嫌いなこの男にしてみれば、おもしろくて仕方ないのかもしれない。
「姫ちゃんもかわいそうだよな。金城を犠牲にしておきながら、この先、御影とよろしくやれるような図太い神経があればいいんだけどな」
「……やめてよっ」
　私がそう叫んだとき、誰かのケータイが鳴り、短くやり取りした男が電話を切った。
「輝羅(きら)」
「あ？」
「金城、もう着くってよ」
　その言葉を聞き、輝羅と呼ばれた男が私の髪をつかんだまま立ち上がる。

「姫ちゃんはこっちな。VIPルーム用意してあるからよ」
「……嫌っ」
　髪をつかまれる手をなんとか振りほどこうと、輝羅の手を強くつかむと、言っていることの残虐さと真逆のかわいい笑顔を見せた。
「言っとくけど、終わりじゃねえぞ」
「え……」
「さっきので、終わりじゃねえんだよ。ゴールドの金城が、ゴーストの御影の女を助けるため犠牲になる、までは話したよな？」
　聞いたけど……まだなにかあるの？
「でも、その女はすでにクラダイの石破にヤラれてるってな残念なエピローグが付いてるからな」
　信じられないと思った。これほどまでに平然と人を傷つけようとする人間がいるなんて。
「御影がどこまで耐えられるのか、見ものだよな」
「……やめて、頭おかしいんじゃないのっ」
「かもな。でも、おもしれえだろ？　俺はゾクゾクするほど、おもしれえぞ」
「こんなことして、許されるとっ──」
「許されるとは思ってねえけど、それ言えるのか？」
　私をさらに奥へと引っぱっていく輝羅が、店の一番奥にある扉を開ける。
　扉の先は、小さな部屋になっていた。
「言える……ってどういうこと？」

「御影に言えんのかって聞いてんだよ。俺にヤラれたってこと、姫ちゃん、あいつに言えねえだろ？」

　言えるわけない。そんなことは死んでも言いたくない。ただでさえ嵐志との過去がある私は、白玖にとっていい彼女ではないのだから。

　それなのに、さらにこの男と……なんてことになると、間違いなく白玖は私から離れていく。

「金城も、誰にも言わず、ひとりで来るはずだしな。姫ちゃんは言わねえ、金城も言わねえってなると、真実は誰にもわかんねえだろ？」

　本当に汚い男だと思った。信じられないほど汚い男だと。

「まあ、一番丸く収まんのは、金城とヨリ戻すことかもな。自分のせいで姫ちゃんがヤラれたってなると、罪の意識感じて前より大事にしてくれんじゃねえか」

　そんなことで今さら嵐志に大事にされたくもないし、なにより私は白玖が好きなのに。

「男ってのは変なもんで、自分の女じゃねえときに他の男とヤッたってのは多少許せても、自分の女だと思ってるときに他の男とそうなったってなると急に冷めんだよな」

　めちゃくちゃなことを言われているのに、輝羅の言葉を無視しきれないのは、それが一理あるから。

「今、姫ちゃんは、御影の女だろ？」

　わざわざ確認するように言われる。

「つーことは、ここで俺にヤラれて、それを許せるのは、御影か金城、どっちだと思う？」

その質問の答えがすぐにわかり、あまりの悔しさに思わず涙が出た。それを許せるのは、嵐志のほうだとわかったから……。
　だって、私は今、嵐志とは付き合っていない。起こった事実が同じだとしても、そのときの関係性によって許せる許せないが変わってくるという輝羅の言い分はよくわかった。
　だからこそ浮気はいけないし、だからこそ不倫はいけないわけで……。
　誰と誰がどうする、という事実ではなく、誰と誰がいつどうした、のほうが重要なのだと、私にもわかったから。
　死んでも白玖には言えないと思った。
　その事実を知り、冷めていく白玖を、きっと私は見てはいられない。そんなのは耐えられないから。
「まあ、どうせすることすんなら、このまま俺の女になるって手もあるけどな」
「……死んでも嫌」
「姫ちゃんなら、大事にしてやるよ」
「……いらないっ！」
「泣くなよ。俺がひでぇことしてる気分になるだろ」
「……してるじゃないっ」
「おいおい、それは心外だな」
　そう言った輝羅が、私の髪から手を放す。代わりに腕をつかみ、部屋の隅に置かれたベッドの方へと私をドンと押した。

ベッドへと倒れ込んだ私を、笑顔で見下ろす。
「ひでぇのはどっちだよ。自分だけがかわいそうな立ち位置を作り上げんな」
　残酷な言葉に、胸が痛くなった。
　そんなつもりはないけれど、違うとも言い切れない。
「金城からすれば、俺にヤラれようと御影にヤラれようと、まったく同じだぞ」
　そんなこと、あえて言われたくはなかった。
　DEEP GOLDとSILVER GHOSTは、間違っても友好関係にない。ということは、SILVER GHOSTは許せるけど、Crush Diamondは許せない、という方式は成り立たず……。
「それって御影も同じなんだな。気にしてねえふりしてるだけで、実際は姫ちゃんを見るたび思ってんぞ。なにが悲しくて、金城の手垢の付いた女とヤラなきゃなんねえんだってな」
　一番言われたくないことを言われた私は、涙を止めることができなかった。
　きっと、そう思ってる。だから白玖はなにもしてこなかったのだ、と。
　本当は、流れなんて、作ろうと思えばいくらでも作れたはず。でも白玖は、あえてそれを作ろうとはしなかったのだから……。

第9章

決別

『ちょっと、ちょっと、聞いた？　ホントなの？』
『それって、もしかして男たちがコソコソと話してるやつ？』
『クラダイが復活してるって言ってるね。あれマジなの？』
『らしいよ。てか、いつの間にそんなことになってたの？ 知らなかったよね』
『私、知ってたよ。夏休みの間に立て直ししたらしいよ』
『はあ？　そんな大事なこと、どうして言わなかったのよっ！』
『この前、言おうとしたのに、聞いてくれなかったじゃん』
『ていうか、周りの男たち完全にビビってるよ。石破輝羅は、マジでヤバイって』
『だからゴールドとゴーストはもめなかったのか』
『だね。ゴールドにしてみれば、姫を取られてても、どうこう言ってる場合じゃなかったんだね』

　　　　　＊　＊　＊

「輝羅、来たぞ」
「見張ってろ」
「はいはい」
「手出すなよ、俺がヤルんだからよ」
　部屋に入ってきた男ふたりと、そんな会話を交わした輝羅が、私を残し部屋を出ていく。
　店の中と似たような雰囲気の部屋は、小さな冷蔵庫や流

し台まで付いている。それほど広くはないけれど、このひと部屋で人が暮らすには充分な設備があるように見えた。

来たのが誰のことなのかわかっても、見張られていてはなにもできない。そもそも、見張られていなかったとしても、今の私にできることなどなにひとつなかった。

ベッドの端に座り、見張りの男たちから充分な距離を取りながら、いったいどうすればいいのか考える。

嵐志はわかっていた。輝羅という男がどういう男なのかを。だから、私を遠ざけた。

別れたのは私を守るためだったということが、こうなって初めて理解できるなんて思いもしていなかった。

嵐志に捨てられたとき、傷ついたのは間違いない。だけど、あのとき傷ついていなければ、別の形で傷つくことになっていた。

どちらがよかったのかなんて、今の私にはもうわからない。だって、すべて過去のことだと思っていたから。

1年前の今頃、私は嵐志と一緒にいた。それなりに幸せで、それなりに楽しい日を過ごしていたと思う。

思う、というのは、たぶんそうだった……という程度のことしか今はもう思い出せないから。

だって私には、もう違う居場所がある。嵐志ではなく、白玖の隣にいる自分が"私"なのだから。

コンビニに行く前に電話しておけばよかった。『暴走に行かずに私と一緒にいて』と言えばよかった。もっと、好きだと伝えればよかった。

平和な日常が幸せのすべてだと思っていたのは、間違いだったのかもしれない。
　同じクラスの、隣の隣に住む男との付き合いは、危機感が薄く、いつもそばにいるものだと、根拠もなく勝手に思い込んでいた。
　手を伸ばせばつないでくれて、優しい空気を出し、隠すことなく想いを伝えてくれる白玖は、揺るぎない感情で、そこにいてくれると信じていた。
　自分たちのいる世界が、まともじゃないことを忘れさせるくらいに、白玖は穏やかに私を見ていてくれたから。
　泣いても仕方ないし、叫んでも助からない。
　こうしている間も、嵐志は痛い思いをしている。
　今は白玖が好きだとしても、嵐志が傷つけばいいと思えるほど無神経なわけじゃない。
　悲しさなのか、恐怖なのか、悔しさなのか、どれかわからないけれど、涙が止まらずあふれ続ける。
　なにもできないむなしさから、ただただ泣いていると、部屋の扉が開き、輝羅が入ってきた。
　視線だけで合図すると、見張りの男ふたりが部屋から出ていく。
　手近にあったタオルを取り、手に付く血を表情ひとつ変えることなく平然と拭きとる姿に寒気がした。
　私が思わず視線を逸らしたのを輝羅は見逃さなかった。
「族の総長つっても、ひとりじゃ、さすがにどうしようもねえしな。まあ、俺も金城の立場になれば、やられるしか

ねえよ」
　そんな話は聞きたくない。
「つーか、実際やられたんだよな、あいつに。で、今が仕返し」
　血の付いたタオルを放り投げる。
「んで、ここからは倍返しってやつだな」
「……最低っ」
「それ、俺にとっては褒め言葉だぞ」
　ニヤリと笑う表情は、かわいらしいのに残酷で……。
「許さないからっ……」
　涙を流しながら言っても、この男には痛くもかゆくもないのか、笑顔のまま。
「怖いこと言うなよ」
「あんたなんかっ——」
「残念ながら、御影はまだ気づいてねえよ」
「……え」
「誰も助けには来ねえってことで、あきらめろ」
　アッサリとそう言った輝羅が、ベッドに近づいてくる。
「やめてっ……」
「金城からの伝言だ。おとなしくしろってよ」
　おとなしくって……。
　そんなことを嵐志が言うとは思えず、ベッドに膝を乗せてくる輝羅をにらむ。
「無駄に抵抗すれば、姫ちゃんが傷つくだけだしな。できるだけ無傷で済ませるには、おとなしくしておくのが一番

だってことを、あいつは言いたいんだろ」
　泣きたいわけじゃないのに次から次へとあふれる涙が止まらない。
「それもある意味、愛なんじゃねえの？」
　そんな愛なんていらない。
　だけど、どんなに抵抗したところで、逃げられない。輝羅がどれだけ細く見えても、やはり男は男。力でかなうはずもなく……。
　つかまれる腕をベッドに押しつけられると、嫌でも身体が沈(しず)む。膝に体重をかけて足を固定されると、まったく動けなくなる。
　それでも逃げようと思い暴れると、着ていたシャツを強く引っぱられた。
　めくれ上がった脇腹(わきばら)に、輝羅の手が這(は)う。
　白玖にも触れられたことのないそこから、全身に不快なざわめきが広がっていく。
「やめてっ……！」
　恐怖と気持ち悪さと寒気が私の身体を支配したとき、突然扉が強くたたかれた。
「おいっ、誰かいるのか？　出てきなさいっ！」
　声と同時に、ガチャガチャと扉のノブを回す音が聞こえた。
　私の身体に手を這わせていた輝羅の動きが止まる。輝羅が「クソッ」と舌打ちをしたとき、扉の向こうからさらに声が聞こえた。

「警察だっ、開けなさいっ！」
　鍵を開けないと扉を壊す勢いだったため、あきらめた輝羅が鍵を開ける。
　すると、制服を着た警官が数人、入ってきた。
　さすがに警察が来るとは予想外だったけれど、少なくとも助かったのだとわかった私の身体からは、力が抜けていった。
「なんだよ。放せ、触んな」
　抵抗する輝羅がまず拘束され、その次にベッドで涙を流す私に警察が声をかけてきた。
「大丈夫か？」
　大丈夫。助かった。
　助かったのはよかったけれど、そうなったらそうなったでまた別の不安が私を襲う。
　状況から見れば、どう考えてもこの場合、私は被害者という立場。だけど、こんな危ない状況にさらされていたことを親に知られたくない。
　警察官にベッドから起こされ、「大丈夫か？」と何度も聞かれているうちに、状況の深刻さに血の気が引いてくる。
　さすがに警察に連れていかれるのはマズイという防衛本能が働きだす。思わず輝羅を見たのは、被害者だけど被害者になりたくないという思いが強かったから。
　私の視線を見て、なにが言いたいのかわかったのか、拘束されている輝羅がつぶやいた。
「そいつは俺の女だ」

「泣いてるじゃないか」
「ケンカしてたんだよ。あるだろ、そういうことも」
「ケンカって……無理やりになにかしようとしてたんじゃないのか」
「そうだよ、悪いか。自分の女を無理やりどうしようと、お前らに関係ねえだろ」
「例え付き合っていても、無理やり——」
「んなこと、わかってる。わかっててやってるに決まってんだろ」

　警察に踏み込まれても、それほど焦っている様子のない輝羅が、平然とそんなウソをつく。

　ただ、被害者にならないためには、今は輝羅のウソに付き合うしかない。

「本当なのか？」
「……はい」
「彼と付き合ってるってこと？」
「……そうです」
「本当なんだな？」

　何度も念を押すように聞かれ、とにかくうなずくしかなかった。

　それなのに、念のため事情を聴きたいという理由から、輝羅とともに表に停まっていたパトカーに乗せられ、そこを後にした。

　警察署に連れてこられた私は、輝羅たちとは別の会議室

のような部屋に入れられ、女性警官にしばらく待つように言われた。

　ずいぶん待たされたように感じる。その間、私には不安しかなかった。

　まさか自分が警察に連れてこられるようなことになるとは思いもしていなかったので、ある意味、輝羅のいた店に連れていかれたときよりも、不安は大きかった。

　親にどう言えばいいんだろう。こんなことで悲しませたくない。

　そうは思っても、警察に連れてこられた私がこの先どうなるのか、想像もつかなかった。

　このまま帰れなかったらどうしよう。母親が迎えに来たりするんだろうか。そんなことになったら、母親は松井さんにどう説明するんだろう。

　いろいろなことが頭を何度もよぎり、かといってどうすることもできず、広い会議室の座り心地の悪いイスに座っていると、ふいに扉が開き女性警官が入ってきた。
「前、はだけてるわよ」
　そう言われて自分の服を見ると、確かに着ていたシャツがひどく伸びている。

　慌てて胸元を握るようにつかむと、女性警官がため息をついた。
「今、少年課のほうで帰るための手続きしてるから」
「え……帰っても？」
「あの場にいた男の子たちの身元が大体わかったから。事

情もね。暴走族同士のもめ事に巻き込まれたんでしょ？ 負傷してた金城嵐志と過去に付き合ってたって聞いてるわ」

　私がなにも言わずに黙っていると……。
「あなたのことで、もめたのかしらね」
　私のことでもめたわけじゃない。
「もっと自分を大事にしなさい。付き合う相手はちゃんと選ぶのよ」
　そんなふうに言われても……。
　だけど今は輝羅と付き合ってることになっている以上、否定もできない。
「迎えも来てるわ」
　その言葉にドキッとしたのは、母親が来たのだと思ったから。
　警官が私に立ち上がるよう促す。
「石破輝羅は、傷害と暴行容疑でしばらく拘留するから。これを機に別れなさい」
　"コウリュウ"がなにかもわからないまま、会議室から出るよう背中を押される。
　廊下を歩き、ロビーが見えてきたところで、思わず足を止めたのは、意外な人がそこにいたからだった。
「姫、久しぶりだな」
「吹雪さん……」
「大丈夫か？」
「はい……」

「災難だったな」
　苦笑いでそう言ったのは、嵐志の３つ上のお兄さん。
　私の姿を見て、自分が着ているパーカーを脱ぎ、肩にかけてくれる。
「事情は大体聞いた」
「そう……ですか。あの、迎えって……」
「心配しなくていい。親に連絡はいかないようにしてる」
　そのことにホッとしながらも、なぜ親に連絡がいかないままアッサリ帰ることができるのか、疑問に思い首をかしげていると……。
「その代わり、御影ってのに連絡入れたよ」
「……え？」
「嵐志がそうしろって言うからな」
「嵐志が？」
「でも、そのおかげで姫も帰れることになったんだよ。さすがにうちの親父も他人の子までは引き受けできねえしな」
「あの、どういうことなのか……」
「まあ、その辺はいい。とにかく少し待っててくれ。確認書類を書かねえと、ここを出してはもらえねえしな」
　詳しい事情はよくわからないけれど、とにかく帰れるなら、細かいことは気にしないほうがいいのかもしれない。
「あの、ありがとうございます」
　私がお礼を言うと、嵐志とよく似た吹雪さんは少し困ったように笑った。
「巻き込んでるみたいで、ごめんな」

吹雪さんが謝ることじゃないので、首を振ると……。
「俺が、族を嵐志に引き継いだのが悪かったのかもな」
　金城家の長男の吹雪さんは、ゴールドの初代総長だった。
　でも、だからといって、やっぱり吹雪さんのせいじゃないと思っていると、後ろから足音が聞こえた。
　思わず振り返ると、なぐられた痕(あと)が痛々しい嵐志がこちらに向かって歩いてきた。
　今まで、いろいろな嵐志を見てきた。だけど、誰かになぐられ、負傷した姿は見たことがなかった。
　頬より少し上に貼られたガーゼの中は、もしかしたら切(は)れているのかもしれない。
　輝羅が血をぬぐう姿を思い出し、寒気がした。
「座ってろ」
　吹雪さんが、すぐそばにあるベンチのようなイスに視線を向けて言うと、嵐志は無言のままそこに座った。
　そして、私に「少し待ってて」と言い残し、吹雪さんはどこかへ行ってしまった。
　警察署の廊下でふたりにされて、なにを話せばいいのかわからず黙っていると……。
「悪かったな」
　低い声を出した嵐志の視線は、廊下の奥に向けられていた。
「ケガ、大丈夫？」
「ああ」
「輝羅って人、コウリュウされるって」

「そうか」
「私こそ……ごめん。もっと気をつけてたら……」
　そうすれば嵐志がひとりで来ることはなかったし、こんなふうにやられることはなかったのに。
　そう思っていると、廊下の奥を見つめる嵐志が小さく息をついた。
「俺は、お前を傷つけてばっかだよな」
「嵐志……」
「やられて当然だな」
　そんなふうに言う嵐志は、なんだかとても意外だった。
　いつも嵐志は絶対だと思っていたから。すべてを与えてくれる完璧な彼氏だと。
　だけど、本当は嵐志にもいろいろな想いがあり、ときには悩むことだってあったのかもしれない。それを私は、見ようともしていなかったんじゃないだろうか。
　DEEP GOLDの総長と呼ばれる彼氏は、私の中で、金城嵐志という個人ですらなかったのかもしれない。
「御影は本気なのか？」
　けっして私と視線を合わせようとしない嵐志が、ふいにそんなことを聞く。
「そう……だと思う」
　というより、そう思いたい。本気で私を好きでいてほしいから。
「俺も本気だった」
　過去形で言う元彼は、廊下の奥を見つめたまま。

「本気で好きだったんだよ」
 本気で好きだった……。
 ウソみたいな始まりは、いつどこで、どのタイミングで、好きだと想うようになればいいのかが難しい。だけど形が先にあるので、好きはすでにあるものみたいにして進んでいく。
 そんな付き合いの中では、言葉に出して気持ちを伝えるということをあまりしなかった。
 だからこそ、別れを人づてに聞いたとき、ショックは受けたけど、疑うことをしなかったんじゃないかと、思う。
 嵐志が私を好きだという自信がなかった。言葉にして、伝えられていなかったから。
 そして、それは嵐志だけではなく、私もそうだった。だから、傷つきはしたけれど、そうなる理由が少なからず私にもあったんじゃないだろうか。
 金城嵐志というひとりの男と、ちゃんと向き合っていただろうか。きっと信じるということをまったくしなかった私にも、悪いところがあった。
 だけど、今はそうじゃない。自分の想いを人に預けていては、ちゃんと伝わるはずないとわかった。
 もう、こんなふうに誰かを傷つけることも、傷つくこともしたくないから。
「私、白玖が好きなの」
 この先、白玖が、本当の意味で私を受け入れてくれないとしても。それでも、好きだと想えるから。

「本気で好きなの」
 自分の気持ちをハッキリ伝えられた私は、これでちゃんと前を向ける気がした。
 嵐志との過去があって、今の私がいる。過去を消すことはできないし、消す必要も隠す必要もない。失敗はしたけれど、嵐志を好きだった私だって、きっと本当の私だったのだから。
 吹雪さんが戻ってきて、正式に警察署を出られることになった。
 痛々しく立ち上がる嵐志に、吹雪さんが手を貸そうとしても、嵐志はそれを受け入れなかった。
 受付を通り、吹雪さんの後に付いて正面玄関を出ると、警察署前のガレージには数台の車が停まっていた。
 その中の1台の車体に、軽くもたれるように腰を下ろしている男が顔を上げた。
 ガレージの明かりは暗く、ハッキリとは見えないけれど、白玖だと気づく。
 私に気づいているはずなのに、こちらに来るわけでもない。どうすればいいのかわからず、その場で足を止めて動けないでいると……。
「行けよ」
 後ろからそんな声が聞こえ、振り返ると、嵐志が私を見ていた。
「行け」
 そう言って、私の身体を押す。

吹雪さんに視線を向けると、小さくうなずいてくれるから、頭を下げた私は白玖の方へと走りだした。
　車のそばまで行くと、白玖が手を伸ばし私を捕まえ、その胸へと引き寄せる。
　私の知っている胸の中は、安心と心地よさに満たされていた。
「姫乃」
　優しく名前を呼ばれると、一度は止まっていたはずの涙が、またあふれてくる。言いたいことはいっぱいあるのに、言葉にならなかった。
　私を抱きしめる白玖の腕から、優しさが染み込んでくる。
「悪かった」
　そう言った白玖の声には、大きな後悔がにじんでいた。
「気をつけてなかった俺が悪かった」
　白玖が悪かったところなどひとつもない。私が勝手に親との食事をやめて、輝羅の張った罠にハマっただけなのだから。
　白玖を裏切り、輝羅に私を引き渡した男たちだって、シャレにならない事情があったんだろうし。
　知ることのできない話は、気をつけるもなにもない。
「姫乃」
「……うん」
「帰ろう」
　帰りたい。白玖がいて、大牙がいて、壱がいて、真緒ちゃんのいる、私の大切な居場所に。

顔を上げると、いつもの優しい空気を出す白玖の手が、私の頬に触れる。
「もう泣くな」
「うん」
「泣かなくていい」
　そう言われると、なぜかまた涙があふれてくるけど、けっして悲しいわけじゃないから、少しだけ笑ってみせると、頭をもう一度胸に引き寄せられる。
「この服、どうした？」
「吹雪さんが……貸してくれた」
　明らかにサイズの合っていない服を着ていることを言われているのだとわかり正直に言うと、白玖が自分の着ているカーディガンを脱いだ。私が着ているパーカーを脱がせた後、代わりに白玖の服を着せてくれる。
　それまでパーカーに隠れていた伸びたシャツを見ても、白玖は空気を変えることなく、なにも言わなかった。
「乗ってろ」
　吹雪さんのパーカーを持ち、私を車に乗せる。そしてドアを閉めて、ガレージを歩いていく。
　その先には、吹雪さんの車があった。
　助手席を開けて乗ろうとしていた嵐志が白玖に気づき、動きを止めた。
　歩いている勢いのまま、白玖の手で投げつけられたパーカーが嵐志に当たる。
　服がハラリとガレージの地面へと落ちる瞬間、白玖の腕

が振り上げられるのが見えた。
　なぐられた衝撃で、嵐志の身体が車に打ちつけられる。
　私を抱きしめていたときにはまったく感じなかった白玖の怒りに驚く。
　なにかを言った白玖が嵐志の胸ぐらをつかみ、自分の方へと引き寄せる。
　次の瞬間、胸ぐらをつかまれていて身動きのとれない嵐志が、唯一自由になる手で白玖のお腹をなぐりつけた。
　ウソでしょ……やめて。
　思わずドアを開けようとすると、運転席に座る男が声を出した。
「放っておけばいいよ」
「え……」
「あいつ、相当キレてっからな、好きにさせてやれ」
　好きにさせてやれって……。
　じゃあそうするとは到底思えず、車を降りると、ふたりがなぐり合う音がリアルに聞こえてくるから。
「やめてっ……白玖っ！」
　そう叫びながら走り寄り、こちらに背中を向けている白玖の身体を抱きしめる。
　その瞬間、白玖の動きがピタリと止まった。
「やめてよ……」
「姫乃」
「もう、いいよ」
　こんなことをさせたいんじゃない。ただ白玖と楽しくい

られれば、それでいい。それだけで、私は幸せなんだから。
　そう思っていると、白玖の身体にドンッと強い衝撃が走った。
　不意打ちだったのか、白玖の息が一瞬止まる。
　白玖の肩辺りを強くなぐったらしい嵐志が、大きく息を吐き出した。
「姫に謝ることあっても、お前に謝るつもりはねえんだよ」
　嵐志がそう言うと、白玖の身体に呼吸が戻る。
「謝れなんて言ってねえだろ」
　冷たく言い捨てた白玖が、自分の身体に巻きつく私の腕を離した。
「姫乃。車、戻ってろ」
「でも……」
「わかってる、もうしねえよ」
　信用していいのかわからず、振り返った白玖を見上げると……。
「少し話がしたいだけだ」
　その言葉どおり、そこから先、白玖が嵐志になぐりかかることはなかった。
　車に戻った私は、ふたりがなにを話しているのか、考えないでおこうと思った。
　私が知ったところで、どうすることもできない。起きてしまったこと、過ぎた時間、今誰を想っているのかは、変えることができないのだから。
　しばらくして嵐志が車に乗り込むと、白玖が戻ってきて

私の隣に座る。
　帰り道、誰も口を開かなかったけど、白玖の手が私の手を離すことはなかった。

　車がマンションに着き、私が降りると、運転していた男となにかを話した白玖が歩きだす。エントランスを抜け、ロビーを通りエレベーターに乗った。
「帰るか？」
　そう聞かれて、白玖の服を着ている自分を見下ろす。
　さすがにこれで帰るのもどうかと思っていると……。
「姫乃のケータイ、小池に預けてある。時間も時間だしな。親が心配するだろ」
「それで、真緒ちゃんに？」
「大牙が小池に事情説明してる。もし姫乃の親からかかってきたら、家に泊まるとかなんとかごまかしてくれって言ってある」
　そういうことか。警察署にいた以上、いったい何時に帰れるのかわからなかったはずだから。
「帰るなら、今のやつに言って、小池にでも服借りる……」
「いい」
　今はまだ気持ちの整理がついていないから、落ち着くまでは親と顔を合わせたくない。
　私の思うことがわかるのか、白玖はなにも言わず家に私を入れてくれた。
　リビングの明かりを点けた白玖が、冷蔵庫を開ける。

「なにか飲むか？」
「うん」
　白玖が冷蔵庫からグレープフルーツジュースを取り出す。
「悪かったな」
　そう言って謝る白玖の表情は、今まで見たことがないほどツラそうに見えた。
「俺に、金城をなぐる資格なんてねえよな」
「白玖……」
「でも、マジで焦ったんだよ。お前になにかあったらって思うと……」
　その先を言わない白玖が、あまりにもツラそうに見えるから。
「大丈夫だったの」
「ああ」
「なにもされてない」
「そうか」
「ホントだよ？　ホントになにもされてないから」
　それだけはわかってほしくて言うと、ジュースをキッチンに置いた白玖が私を見た。
「んなこと、どっちでもいいんだよ」
　優しく笑う白玖が、私を引き寄せる。
「なにがあってもお前の手を放すつもりはねえからな」
「白玖……」
「俺の本気を信じろ」

白玖の本気を信じる……。誰になにを言われても、どう思われても、手を放さないでいてくれる白玖を信じていればいい。
「私も本気だよ？」
「ん」
「白玖が好きだって思った」
「そうか」
「白玖が私に冷めたりしたら、死ぬほど嫌だと思った」
「冷めるかよ」
「言われたの。白玖は私を見るたびに思ってるって」
「なにをだ？」
「なにが悲しくて私なんだって……気にしてないふりしてるだけで、本当は嵐志のこと──」
　ふいにふさがれる唇からは、それ以上の言葉が出せなくなった。抱きしめられたまま深くなるキスに、知らずに呼吸が乱れ始める。
「白……玖」
　私の小さなつぶやきは、白玖の舌に絡め取られた。
　逃げないように背中を引き寄せる手の熱さと、どこまでも深く濃くなっていくキスに翻弄（ほんろう）され、思わず白玖の服をつかむと、唇から離れたキスが私のこめかみ辺りに落ちてきて……。
「そのとおりだ」
「え……」
「本当は気にしてる。でも、気にしてねえふりしてんだよ」

それが白玖の本音なのかもしれない。
「だから、思ってんだよ。全部俺のものになればいいって。実は、それしか考えてねえくらいにな」
　胸から伝わってくる、少しだけ笑った声。穏やかで優しい体温が私を包み込む。
「でもよ、そればっか考えてるってのはどうなんだって思うだろ？」
「……そうだね」
「それじゃあ大牙と一緒じゃねえか、とかな」
　別に大牙と一緒だとは思わないけど……。
「正直、流れとかどうでもいいんだよ」
　確かに、流れなんて改めて作るものではない。
「今もすげえしてえとか思ってっけど、さすがに弱みに付け込むようなこのタイミングはマズイだろ、とかな」
「白玖……」
「俺の服着てるとか、こういうのマジでヤベえなとか。ジュース入れてんだし、先にそれを飲むべきじゃねえの？とかな」
「なにそれ」
　本音すぎる言葉がおかしくて、思わず噴き出すと、白玖のキスが私の頬に降りてきて。
「でも、やっぱしてえな……とかな」
　耳元で聞こえた声が、私の胸をざわつかせる。
　全然嫌じゃないと思った。輝羅に触れられたときは、寒気がしたのに。

どうして好きな相手だと、逆にもっと触れてほしいと思えるのか、不思議で仕方ない。
「姫乃」
「うん」
「ずっと思ってたんだよ」
　なにを思っていたのかわからず、首をかしげると、頬にあった唇が首すじへと降りていく。
「好きだと想ってから、ずっとしたかった。だから、流れもなにもなかったんだよ」
　どこかの瞬間で思ったのなら、その瞬間に流れを作りさえすればよかったんだろうけど、ずっと思っていたのだとしたら、その流れを作るきっかけがなかったのは当然なのかもしれない。
「弱るなよ？」
「え……？」
「弱ってるとこに付け込んだ、みてえな初めてにはしたくねえからな」
　そういうことかと思い、笑うと、私の身体が浮き上がった。
「断るなら、制限時間３分な」
　意外と長い制限時間を与えられると、それはそれで困る。
「どうして長いの」
　この前は２秒しかなかったのに。
「キスとは違うしな。よく考えたほうがいいだろ？」
「そうだけど、でも変に時間があると、いろいろ考えるよ」

「そのための時間だろ？」
　白玖が私を抱き上げたまま、奥の部屋へと入っていく。
　恥ずかしさに、思わずうつむいていると……。
「いや、やっぱあんま考えんな。今さらしねえとか、マジで無理だしな」
　そう言って私をベッドに降ろし、自分はその場に立ったまま、着ているシャツをアッサリ脱ぐ。そして、どこか余裕のある笑みを見せた。
　こういうときに、その顔を見せるのはズルイ。
　普段は眠そうで気だるげで、優しい空気を出している白玖は、こういう雰囲気になることをあまり感じさせない。
　だからこそ私は、夏休みの間、毎日のようにこの家に来ていても、そういう流れを感じなかった。
　それなのに、今私を見下ろす男からは、妙な色気が感じられ……。
「白玖」
「ん？」
「あのさ……」
「なんだよ」
「私……」
「だから、なんだ」
「すごく恥ずかしいんだけど……」
「俺は恥ずかしくねえ」
　私の勇気ある告白は、アッサリどこかへと押しやられる。
「姫乃の全部を俺だけのものにできるしな」

「うん」
「だからお前もそう思えよ」
「私も？」
　首をかしげて聞くと、白玖がベッドの上に乗り上げた。
「俺の全部を、お前のものにしろよ」
　そう言われた瞬間、胸がぎゅっと締めつけられた。
　私も白玖を知りたいし、独占したい。今まで触れたことのない、服の下に隠れる身体を、私も触れて感じたい。
　熱い手も、慣れたキスも、乱れる息も、求め合う欲情も、重なり合う心も。全部、私のものだと思いたい。
「白玖」
「もういいぞ」
「好きだよ」
「黙れって」
「どうしてよ」
「集中してえんだよ」
　そういった途端、白玖は私の服をめくり、見えた肌にキスを落とした。
「他の男に見せたことねえ顔、させてやるよ」
　実はすごく気にしていたらしい男の言葉は、色気と余裕と私への愛情にあふれていた。

第10章
信頼

『マジでわかんないだけど。いったいどうなってんの?』
『知らない。ていうか、いろいろどうでもよくなってきた』
『わかる、それ私も同感』
『結局さ、ここでなに言っててもホントのところはわかんないってことだよ』
『そうだよ。本人に聞いたわけでもないしね』
『DEEP GOLDの姫だったはずがSILVER GHOSTの女宣言されて?』
『で、そのはずなのに、実際はCrush Diamondの女だとかなんとか』
『もうわかんないよね。どういうこと?』
『まあ、いいんじゃない。姫が幸せならそれで』
『幸せもなにも、考えると、姫とか話したこともない子だよね』
『だよね……私たちが熱くなるとこって、そこじゃなかったっぽくない?』

　　　　　＊　＊　＊

「なあ、姫乃。そろそろ寒くね?」
　季節はいよいよ冬へと向かう中、屋上でそんなことを言いだす大牙。
　確かに、寒い。
　遮る物がなにもない屋上は、冷たい風が吹くとそれをモロに受ける。

「これ、なんの罰(ばつ)ゲームなんだよ」

　罰ゲームって言われるとそんな気もするけれど、それを私に聞かないでほしい。

　別に、私がみんなを連れてきてるわけじゃない。ただ、真緒ちゃんとお昼を食べようと思っているだけなのに。

　あの事件から1ヶ月半。

　私はスッカリ落ち着きを取り戻していた。

　というより、白玖との関係がひとつ先へと進んだことにより、あの事件の記憶が薄まっているという感じなんだけど……。

　あれからしばらくして、クラダイの石破輝羅はあっけなく釈放された。

　被害者だったはずの私が、そう認識されなかったとなると、あの場にいた被害者は嵐志だけということになる。

　そうなれば、しょせんは暴走族のもめ事。加害者もそうだけど、被害者の立場である嵐志だって、言いだしたらキリがないほどの悪事を抱えているのだから。

　警察が踏み込んできたのは、通報によるものだったと聞いた。

　あのとき、私を引き渡したふたりは、輝羅によって自分たちの彼女を人質に取られていた。下手に白玖に言ってゴーストが動けば、居場所のわからない彼女たちが危ない目に遭う可能性がある。

　とはいえ、さすがに罪の意識を感じたらしく、ゴーストには言えないけれど、助けたいという思いから、匿名(とくめい)で通

報するという結論に至ったらしい。
　警察が介入したことで、別の場所にいた彼女たちも無事でいられたと聞き、それはそれでホッとした。
　そして、警察で私が問題なく帰れたのは、白玖の母親のおかげだった。厳密には母親ではなく、白玖が言うところの"社会的地位のある仕事相手"が口を添えてくれて帰れることになったのだとか。
　吹雪さんの連絡で事件を初めて知った白玖たちは、それぞれが自分のやるべきことのために動いてくれた。
　車に残された私のスマホを回収し、そこから真緒ちゃんの連絡先を入手した大牙は、真緒ちゃんをできるだけ驚かせないようにしながら、事情を説明し、協力してくれるよう頼んでくれた。
　壱のほうも、事件が漏れ伝わり頭に血がのぼったゴーストのメンバーをなだめながらも、嵐志がひとりで行動したため、誰も気づいていなかったゴールドへの報告などに、奔走してくれた。
　かんちがいや思い込みから来る無駄な争いを避けるためには、"起こったことを正確に伝える"ということは意外と大事なことらしく、そういう意味では、落ち着いた性格の壱は適任だった。
　石破輝羅の釈放は、異例のパトカー先導によるものだった。
　そして、ゴーストとゴールドを同時に敵に回したCrush Diamondは、しばらく逃げ回るという事態に陥っている。

とはいっても、あの輝羅がそんなことでめげるようには思えない。そのうち、暴走族同士のもめ事も復活してしまうかもしれない。
　だけど、それならそれでもいい。ここで白玖のそばにいられることが、私のなによりの幸せなのだから。
「つーか、最近スッカリ平和だな」
　寒いと不満を漏らしているわりに、屋上のコンクリートに寝転ぶ大牙。空を見上げながら、ヒマそうにはぁとため息をついた。
「おもしれえことねえのかよ」
「平和でいいよ」
　私がそう言うと、またため息をこぼす。
「平和ボケすんだろ。まあ、姫乃みてえに波乱万丈すぎるってのも、どうかと思うけどな」
「なにそれ」
　自分では、波乱万丈すぎるつもりなどない。
「いやいや、お前ほどいろいろある女とか、そうそういねえだろ」
「別になにもないし」
「あんだろ。そういや、ゴールドってやっぱ代が替わんのか？」
「だろうな」
　大牙のなにげない疑問に、フェンスにもたれた壱が短く答える。
「金城って、今３年だよな。つーことは、卒業と同時に引

退か」
　確かに、嵐志はこのままいけば、春には高校を卒業することになる。別に続けてもいいのだろうけど、DEEP GOLDは代々、金城兄弟が引き継いでいるから、次は当然……。
「次期総長は波留ってことか」
　大牙が言うと、壱が軽くうなずく。
「だろうな」
「波留って、確か小生意気なガキだよな。あんなんが総長で大丈夫なのかよ」
「さあな」
「まあ、俺らにとっては助かる話だけどな」
　そう言った大牙が頭を上げ、私の隣に座る白玖を見た。
「つーか、お前の後とか考えてんのか？」
　総長を引き継ぐ相手のことを言っているらしい。
「考えてねえな」
「いや、考えとけよ。切羽つまって、いきなり代が替わっても、誰も付いてこねえぞ」
「いいんじゃねえか」
　パックの野菜ジュースを飲みながら、白玖がノンキな声を出す。
「最悪、終わればいいだろ」
「はあ？　終わるって、お前、族なくすつもりかよ。いや、それはマズイだろ」
「そうか？」

「そうだろ。石破も相変わらずなのに、族なくしてここをどう守るつもりなんだよ」
「まあ、そうだな」
「まあ、そうだな、じゃねえよっ。おい、壱、お前もなんとか言えよ」
　話を振られた壱が、面倒そうな顔を見せた。
「知るかよ。白玖がそう思うなら、好きにすればいいんじゃねえか」
「いやいや、お前らマジかっ。ちょっとビックリだぞ。その程度の思いでSILVER GHOSTやってたのかよ」
　大牙が驚くのもわからなくもない、と思っていると、白玖がパンを食べながら口を開く。
「つっても、しばらくはやめられねえけどな。石破がまたなにか仕掛けてくるかもだしな」
「石破にすると、波留じゃあ、やりがいねえかもな」
　壱がそう言うと、白玖が「だな」とうなずいた。
「そうなると、こっちを標的にしてくる可能性は充分あるな」
「それはマズイな」
　困ったという表情を白玖が見せるから、壱が少し驚いたように白玖を見た。
「なんだよ、まさかビビってんのか？」
「わけねえだろ。あいつに次会ったら、俺なにすっかわかんねえしな」
「姫乃の件か」

「それ以外、なにがあんだよ」
「お前って、普段やる気ねえわりに、根に持つタイプだよな」
　壱が笑うと、大牙が話に割って入るように声を出した。
「いやいや、待て。お前ら、族を私物化すんな。ゴーストは姫乃を守るためにあるんじゃねえからな」
　もっともなことを言う大牙が、コンクリートの上に両手を広げる。
「もういいぞ。次の代は俺が探す。お前らに任せてると、潰されっかもだ」
「ねえ……満島くん、背中冷たくないの？」
　きっと、ずっと気になっていたんだろう。私と同じことを思ったらしい真緒ちゃんがそう聞くと、大の字になった大牙が顔をそちらに向けた。
「だから、さっきから寒くねえかって言ってんだろ。マジでなんの罰ゲームだよ」
「もう11月だしね」
　真緒ちゃんがなにげなく言うと、大牙がハッとしたような顔を見せた。
「おい、クリスマスって、来月じゃねえのか？　最悪だ、俺、今女いねえんだけど」
　ふーんそうなんだ。それってチャンスなんじゃない、真緒ちゃん。
　なんて思っていると、壱があきれたように笑った。
「女いても、どうせ、まともに相手しねえだろ」
「うるせえ、こういうのは気持ちの問題なんだよ。いるの

かいねえのかで、俺の存在意義が変わってくるからな」
「お前の意味不明な存在意義のために付き合わされる女とか、同情するぞ」
「うるせえな。お前に女のことは言われたくねえぞ。つーか姫乃、そろそろ白玖と別れる頃じゃねえのか？」
「別れるわけないし」
「なんだよ、俺がひとり寂しくクリスマスを過ごすことになってもいいのか？」

　いや、全然いいし。ホント、大牙がひとりで過ごそうがどうでもいい。

　だけど、ふと思いついた。
「じゃあさ、パーティーでもする？　クリスマスの」
　それなら真緒ちゃんだって誘えるし。
　名案だと思っていると、大牙がまた面倒なことを言いだした。
「いや、待て、暴走あんな」
「はあ？　じゃあ、どうして言ったのよ。彼女いても意味ないじゃん」
「だな……そういえば、毎回それでもめてる気がする」
　そう言って、大牙が白玖の方に顔を向ける。
「今年は中止にすっか」
「好きにしろよ」
「よし、んじゃやろうぜ、クリスマスパーリー」
　パーリーって……。
　ウザい言い方をする大牙にあきれていると……。

「つーことで、壱、お前もな」
「俺はパス」
　アッサリと断る壱。
「なんでだよっ！」
「女と約束してる」
　壱がそう言うと、大牙がコンクリートの上であきれたように頭を左右に振った。
「また戻ってきたのかよ。ねえわ。マジでねえ」
　その言葉に、"ただイケ"の彼女だとわかる。
　壱がどんな恋愛をしていようと、他人が口出すことじゃないのはわかるけど、ただイケの彼女だけはやっぱり理解できない。
「お前それ、約束しても無駄だぞ。クリスマスまでまだ１ヶ月以上あんだしよ。どーせその頃には、またどっか他の男のとこ行ってんだし、大丈夫だ」
　この場合の大丈夫の使い方、間違ってない？　大体、違う男のところに行く前提で話が進んでいるのも意味がわからない。
「もういいぞ。この際、壱は置いておくとして、おい、小池」
「え？」
「お前、ケーキとか作ってこいよ」
「……はい？」
「ほら、あんだろ。カップみてえなのに入ったやつ」
「……カップケーキのこと？」
「知らねえけどな。まあ、そんな感じの作ってこい」

「どうして私が？　私、ケーキとか作れないし」
「はあ？　お前、じゃあ、なんのために頭にボール乗っけてんだよ」
「……これ、関係あるの？」
「いやいや、あるだろ。つーか、そのために乗っけてんじゃねえのかよ」
　再び大牙が訳のわからないことを言い出す。
「あたし、ケーキ作れますよアピじゃねえのかよ。かわいい物とか甘い物全般が好きです！　だから、そういうの欲しいときは言ってね、いつでも作るから、的な感じ出しといて、作れねえとか詐欺かよ」
「そんなこと……」
「つーか、お前がそういうことできねえってなると、男なんか一生無理だぞ。ただでさえサエねえのによ」
「ひどい……」
「ひどいじゃねえよ、俺は親切にアドバイスしてやってんだよ。いいか、男っつーもんは、顔とか二の次なんだよ。それっぽく見える女ってので充分なんだよ」
「それっぽくって？」
「なんとなくヤレそうな女だ」
「最低……」
　本気でそう思うのか、真緒ちゃんがとっても嫌そうな顔をする。
「言っとくけど、かんちがいすんなよ。お前は違げえからな。お前みてえな、いかにも処女とか、男にすると面倒なだけ

だしな。だからこそ他で勝負するしかねえんだよ」
「もういいし、別に私……」
「いやいや、よくねえぞ。どうすんだよ、一生男できなかったら」
「満島くんに関係ないから」
「いいから、聞けよ」
　いつもの調子で、真緒ちゃんを傷つける無神経な男にあきれていると……。
「つーか、パーリーってなんだよ」
　隣に座る白玖が小さくつぶやくから、思わず噴き出す。
「ね、普通に言えばいいのに、きっとおもしろいと思ってるんだよ」
「そこじゃねえよ」
「えっ？」
　だったらどこのことを言っているのかと疑問に思っていると、白玖は小さくため息をついた。
「ふたりでよくねえか？」
「あ、そこ？」
「それ以外、どこがあんだよ」
　不機嫌な声を出した白玖だけど、きっとなんだかんだでパーティーに付き合ってくれるから。
「じゃあ、その後はふたりでね」
　私がそう言うと、優しく笑ってくれた。

　１年前の同じ日に、自分がなにをしていたのかを明確に

覚えている日、というのは少ないと思う。
　だけど、ほとんどの人が覚えている日、というのもある。
　それが、"クリスマス"。
　1年前のクリスマスの日、私の手からすべり落ちたポインセチアは誰が片付けたのか、とか。あのときのリボンは赤だったな、とか。
　思い出せることは、山ほどある。
　だけど不思議と、あのときの自分の気持ちを明確に覚えていない。いや、覚えていないというより、思い出せないというほうが正しいかもしれない。
　人の感情は、日々、上書きされていく。
　ツラく悲しかった出来事も、今になって思い返せば、たいしたことじゃないと思えるようになるのは、そういうことなのかもしれない。
　きっとそれは、今が幸せだから。
　白玖の家で始まったクリスマスパーティーは、予想以上に楽しかった。
　がんばってカップケーキを作ってきてくれた真緒ちゃん。
　そのカップケーキになんだかんだとテンションを上げていた大牙。
　結局1ヶ月ももたなかった"ただイケ"の彼女のことをそれでも好きな壱。
　それぞれがそれぞれの想いを抱えながらも笑い合う時間、というのが私にとってはなによりの幸せで……。

去年があったから、今年がある。
　そう考えると、悲惨だったはずの去年のクリスマスに感謝したいくらいに思える。人間は、思っているよりはるかに勝手な生き物なのかもしれない。
　だけど、過去よりも今がなにより大事なのは間違いない。ここから先、自分がなにをしてどうすれば幸せでいられるのかを考え、行動し生きることがなによりも大切なことだと思うから。
「悪いな」
　みんなが帰った後、使った食器やカップを洗っていると、白玖がキッチンへと入ってきて謝るから。
「全然。楽しかったね」
「そうか？」
「そうだよ。私は楽しかった」
「じゃあ、いいんじゃね」
　私が楽しかったのならいいと言ってくれる男は、なにを思ったのか私を後ろから抱きしめた。
「なあ」
「なに？　てか、洗いにくいよ」
「さっきから思ってたんだけどよ」
　なにを思っていたのかわからず黙っていると、白玖は私の首辺りにキスをしてきた。
「ちょっと、なに」
「これなんだ？」
　唇を離そうとしない白玖が、私の胸元に揺れるチャーム

を手に取る。
「初めて見たぞ」
　くすぐったいので、首にキスをしながら声を出すのはやめてもらいたい。
　だけど、その声があまりにも不機嫌だったから……。
「怒ってるの？」
「全然」
「かわいいでしょ？」
「全然」
「え、かわいくない？」
「全然」
「なに、やっぱ怒ってる？」
「全然」
　同じことしか言わない白玖に、笑えてくる。
「クリスマスプレゼントにもらったの」
「誰にだよ」
「松井さん」
　私がそう言うと、納得したのかアッサリとチャームを手から放した。
「高そうだな」
「でしょ？　ちょっとがんばったみたい」
「なんで松井さんががんばるんだ？」
　白玖が、訳がわからないというような顔をする。
「この前ね、松井さんに聞いたの」
「なにをだ？」

「お父さんって呼んでほしい？って」
　別に深い意味もなく、なんとなく聞いただけなんだけど。
「そしたら、聞いただけなのに、これ買ってくれた」
「マジか」
「ね、よくわからないよね」
「チョロいな」
「でも、うれしかったみたい」
「呼んだのか？」
「呼んでないし、呼べないよ。やっぱり松井さんなんだもん」
「娘って怖えーな。呼びもしねえこと聞いて買わせるとか、松井さん、姫乃に完全にやられてんじゃねえかよ」
　そんな言い方したら変な感じに聞こえるけど、それはそれで間違いではない。最初は違和感もあり、とっても距離があった松井さんだったけど、今ではお互いに慣れてきて、それなりにうまくやれているとも思うから。
「明日もさ、クリスマスのディナーっていうの？　それに連れてってくれるんだって」
「ふーん」
「だから、明日は──」
　一緒にいられない、と言おうとした私の手を、白玖が後ろからつかむ。泡だらけなのにそれを気にしていない様子で私の手を広げ、隠し持っていたらしいなにかを指に通した。
「まあ、松井さんほど高価じゃねえけどな」
　自分の薬指に光る、シルバーの指輪。フラワーのモチー

フに埋め込まれた、淡いピンクの石が控えめにきらめいている。
　壊れそうなほど細く、繊細なリングだけど、とてもかわいかった。
　泡が付いたままなのも忘れ、目の前で手を広げて見ると、キラキラと光る。
「かわいい」
「そうか」
「うん、ありがとう」
　とってもうれしくてずっと眺（なが）めていると、白玖が後ろから私を強く抱きしめた。
「姫乃」
「うん？」
「ずっと、こうしていてくれよ」
　私もずっとこうしていたい。来年のクリスマスも、再来年のクリスマスも、ずっと白玖と一緒に。
「まあ、姫乃が嫌でも、放す気ねえんだけどな」
　優しく私を包み、そう言ってくれた白玖を大事にしようと思った。
　大切にされるだけじゃなく、この先も今の幸せが続くために。白玖の手を放すことなく、他の誰よりも信頼して大事にしたい。
　そう強く思った。

ＥＮＤ

あとがき

読者の皆様、初めまして新井夕花です。
「野いちご」のケータイ小説文庫に初めておジャマさせていただいたのですが、いかがでしたでしょう？ 楽しんでいただけたのならうれしく思います。

私は、2009年からケータイ小説を書いています。特に暴走族系が多く、今回のお話も暴走族となりました。本作『闇に咲く華』ではSILVER GHOSTとDEEP GOLDそしてCrush Diamondの３つの族を出したのですが、１冊に詰め込むには少し多かったかな？と心配しています。だけど、その分読み応えがあったと思っていただけると、とてもありがたく思います。

いつも私自身、小説を書くときは自分なりのテーマを決め、そのテーマからストーリーを考えるようにしています。

今回は、毎回章の冒頭に出てくる、あの『噂話』を書きたくてこのストーリーを考えました。

最後まで読んでいただけるとわかると思うのですが、噂はどこまでいっても、噂でしかないということです。

誰が誰にこう言っただとか、誰々からこんなふうに聞いたんだけど…というひとつひとつの話は、たしかに間違ってはいませんでした。

だけど、事実とは大きく違ったと思います。

言葉というのは、ほんの一部分だけを切り取ってしまうと、事実ではないことなのに、まるで本当のように伝わっていく怖さが本作のテーマとなっています。
　ネットやＳＮＳが溢れる中、チラッと見ただけの一方的な情報、誰かが軽い気持ちで書き込んだ悪意ある言葉。そういう不確かな情報や言葉に振り回されることが多くなっている気がします。

　画面の向こうにいる顔の見えない相手より、明日の朝学校で顔を合わせるクラスメイトに挨拶したり…だとか。
　世間をにぎわすためだけの衝撃的なニュースよりも、あなたが目で見て心動かされるなにかを見つける…だとか。
　よく知らない相手の噂話より、身近な相手の悩みや話を聞いてあげることのほうが、はるかに意味のあることだと私は思います。
　これを読んでくださったあなたが、切り取られた不確かな言葉を信じて、傷つくことがないよう願っています。
　そして、自分の言葉は自分で相手に伝える。誰かに預けたり、短い文章を送信するだけでは本当の気持ちは伝わりにくいということを、少しでも感じてくだされば幸いです。

　最後まで読んでくださった方々には、心よりお礼申し上げます。ありがとうごさいました！

2016.10.25　新井夕花

この物語はフィクションです。
実在の人物、団体等とは一切関係がありません。
一部、法に反する事柄の記述がありますが、
このような行為を行ってはいけません。

新井夕花先生への
ファンレターのあて先

〒104-0031
東京都中央区京橋1-3-1
八重洲口大栄ビル7F

スターツ出版(株)書籍編集部 気付
新井夕花先生

闇に咲く華
2016年10月25日　初版第1刷発行

著　者	新井夕花 ©Yuka Arai 2016
発行人	松島滋
デザイン	カバー　金子歩未（hive&co.,ltd.） フォーマット　黒門ビリー＆フラミンゴスタジオ
DTP	久保田祐子
編　集	森上舞子 ヨダヒロコ（六識）
発行所	スターツ出版株式会社 〒104-0031 東京都中央区京橋1-3-1　八重洲口大栄ビル7F TEL 販売部03-6202-0386（ご注文等に関するお問い合わせ） http://starts-pub.jp/
印刷所	共同印刷株式会社 Printed in Japan

乱丁・落丁などの不良品はお取替えいたします。上記販売部までお問い合わせください。
本書を無断で複写することは、著作権法により禁じられています。
定価はカバーに記載されています。

ISBN 978-4-8137-0160-6　C0193

ケータイ小説文庫　2016年10月発売

『キミと初恋、はじめます。』 琴織ゆき・著

高1の詩姫は転校早々、学園の王子様・翔空に「彼女にならない？」と言われる。今まで親の都合で転校を繰り返してきた詩姫は、いつまた離れることになるかわからない、と悩みながらも好きになってしまい…。マイペースでギャップのある王子様に超胸きゅん！　ちょっぴり切ない甘々ラブ♥
ISBN978-4-8137-0161-3
定価：本体590円+税

ピンクレーベル

『どんなに涙があふれても、この恋を忘れられなくて』 cheeery・著

高1の心はクールな星野くんと同じ委員会。ふたりで仕事をするうち、彼の学校では見られない優しい一面や笑顔を知り「もっと一緒にいたい」と思うように。ある日、電話を受けた星野くんは、あわてた様子で帰ってしまった。そして心は、彼の大切な幼なじみが病気で入院していると知って…。
ISBN978-4-8137-0162-0
定価：本体570円+税

ブルーレーベル

『キミがいなくなるその日まで』 永良サチ・著

心臓病を抱える高2のマイは、生きることを諦め後ろ向きな日々を送っていた。そんな中、病院で同じ病気のシンに出会う。真っ直ぐで優しい彼と接するうち、いつしかマイも明るさをとり戻していくが…彼の余命はあとわずかだった。マイは彼のため命がけのある行動に出る…。号泣の感動作！
ISBN978-4-8137-0163-7
定価：本体550円+税

ブルーレーベル

『かくれんぼ、しよ？』 白星ナガレ・著

「鬼が住む」と噂される夕霧山で、1人の女子高生が行方不明になった。ユウイチは幼なじみのマコトとミクと女子生徒を探しに夕霧山へ行くが、3人が迷い込んだのは「地図から消えた村」で、さらに彼らを待ち受けていたのは、人を食べる鬼だった…。ユウイチたちは、夕霧山から脱出できるのか!?
ISBN978-4-8137-0164-4
定価：本体570円+税

ブラックレーベル

書店店頭にご希望の本がない場合は、
書店にてご注文いただけます。